秋风来信

葛筱强 ———— 著

长江出版传媒 | 长江文艺出版社

葛筱强，原名葛晓强，中国作家协会
会员，吉林省作协签约作家，白城师
范学院文学院客座教授。曾获吉林省
第十一届长白山文艺奖、首届杨牧诗
歌奖金奖、第五届吉林文学奖、第六
届公木文学奖。著有诗集 2 部、随笔
集 3 部。

目　录

第一辑

从一棵草开始的寂静

一些鸟鸣

在树下走得久了
总会有一些鸟鸣落下来
落在我肩头的，还会飞
还会调皮地打个滚儿
大笑着，说出野花和青草
在黑夜中的秘密
落在地上的，直接生了根
长出一丛丛荒芜的晨光
在我的脚掌上晃来晃去
让我觉得，自己的身体也是
由一些鸟鸣构成的，在
微风的轻拂下，也拥有了
生长和飞翔的欢乐

2015/07/08

月凉如水

如果你爱我，就应该
和我一样，用身体中
最重的那根骨头，热爱
这乡下的夜晚。在我身后
草原上的尘埃落尽
沿着河流的声音
萤火虫低语着近处的家
今夜有露，但它不想打湿
屋瓦下麻雀的睡眠，今夜
也有一弯月牙儿，凉如水
刚好挂在我心头那棵
被风吹动的树梢上

2015/07/05

幸　福

幸福只是午后阳光中
最不起眼儿的那些颗粒
我忽然想和你说说这些
是因为一场小雨刚刚下过
风吹木叶，鸟鸣也是湿漉漉的
你走过的那条山路，现在
多了些松软的尘泥。在路的
左边，野百合淑女一样开着
且把淡香偷偷地传送到
路的右边。这时你完全可以
想到，幸福就在我目光中的
两个夹角间，正被一条风的
射线抛出去，一直甩到了
我们看不见的远方

2015/07/08

村　庄

我一定是在黎明时分睡着的
睡着了，我就不想再次醒来
如果必须醒来，我只想
最后一次紧紧地抱着你
在走累了柏油马路之后
在久违了青草的香味
和星星般散落的野花之后
我只想最后一次蹚过
你身边三道水洼里的春天
在东山梁上的那棵老杨下
醒来，亲切而安静地望着你
杨枝上的鸟鸣很美，但美不过
鸟鸣之上的一轮月色
杨枝上的鸟鸣也低，但低不过
鸟鸣之下的一捧黄沙

2015/06/30

雨　夜

还没有收到来信，一场大雨
就从后半夜动身了。这些
切开日子的短刃，翻涌的
雷，这些阵痛的乌云
明晃晃的夜，是否因为拒绝
与往事握手而获得了断裂的
快乐与不朽的热情？这些
外省的异客，解开了空气
湿答答的秘密软塞，是否
就获得了不断死去的生活？
"绿水满沟生杜若"，"落红
缤纷溪水急"，一封信尚未抵达
一个老人早已返回了家

2015/07/01

一只麻雀

天空忽然暗了下来
和暗下来的天空相比
一只老麻雀的嘴太短了
甚至衔不住风里的几枚
雨滴和自己的叫声
我在起风的午后
遇见它，并不稀奇
彼时，我刚好人到中年
彼时，我亦两手空空

2015/06/28

晨雾时分

我只想写三尺之内的事物
你知道，这个清晨有雾
也有别的东西在暗处发光
三尺之内，燕声湿润，青草
虚弱，夹竹桃默如羔羊
但女贞比我更加好奇，它们
探出头来，像一群集体丢失
故乡的旅人，把吹出体内的
香气，奋力向更远的地方推送
我站在三尺之内，身体一轻再轻
却轻不过晨雾慢慢透明的呼吸

2015/06/26

白云飘过来了

白云飘过来了，我还没有
彻底地从午睡中醒来
房檐下的麻雀就开始了
欢乐的叫声。白云飘过来
就是去年的落叶，重新
回到树枝上，一群穿着
白花棉袄的亲人们踩着
青草尖，一寸一寸逼近
自己的故乡。"兰牙依客土"，
"云生失半山"，还没等我
远远地打声招呼，他们就落下泪来
仿佛有许许多多漫长交叠的时光
压在胸口太久。现在，他们终于
可以不必衡量河水的消涨，终于
可以将自己骨缝里的疼痛
全部交付给更为辽远的天空

2015/07/09

黄 昏

黄昏就要来了
楼下的夹竹桃暗藏
掩埋白昼的杀机
但楼顶的明月不愿意
它把一天的温度和轰鸣
揉成安静的风，放进
我的耳鼓。黄昏，更喜欢
让一个在星斗下习惯
诉说的人学会倾听
比如，一些幻觉淹灭了
另一些幻觉会长出水面
但黄昏依旧像往日一样
缓慢地推向我的胸口
仿佛一下子，就让我的襟抱
有了更多容纳虚空的力量

2015/07/05

雨　夜

雨始终没有停下来
月亮也没有按时升起
偶尔的闪电急促地呼吸
那是来自上个世纪的悲伤
把荒芜的人间凝视。雨夜漫长
但长不过黑暗中的灯火
雨夜也短，仿佛闪电过后
全世界的人都开始了
自己的孤独

2015/07/01

草地上的羊群

天快黑了，草地上的羊群
在黄昏的照料下，仍不肯
回家。不想回家的，还有
我，坐在草地的另一侧
用单薄的身子，凝望
不远处的村庄渐渐暗下去
而它怀中的灯光，一盏一盏
亮起来，其中随风晃动的
那盏，需要我用整个童年
或一生的光阴才能搬动
它既是羊群暂时离开
草地的理由，也让一个
在黄昏与夜晚之间
剔净幻想与骨头的人儿
生硬而沉默地，忍住了
不想尖叫的泪水

2015/07/10

一朵白云

他在故乡的天空上爆裂地燃烧

仿佛是最后一次燃烧，他

心中有佛，也有黑暗的恶，和撕不碎的

蓝天的衣角，当他漫飞，当他

看着暴风雪从草原深处汹涌

你知道，他多想望着屋顶上的

炊烟敛起日落的眉毛："这无非是

死，不过是死，也仅仅是死。"

2015/02/12

日　子

村头那棵老柳，一到
春天，就会长出一些孩子们的
笑声；冬天，它还会用手臂
埋掉几头白发。在此期间
它肩上的鸟鸣，偶尔会倒映在雨点儿
编织的天空，而刮碎秋风的黄叶
则漫无目的地掠过一个又一个
干燥的正午。每次我从它身边路过
总觉得它柔软的细枝，就是惶惶
不知终点的日子，这些年来
一直用黑白分明的鞭子，一寸一寸
勒向我声带渐哑的喉咙

2015/02/12

和白杨林一起打坐

和白杨林一起打坐，我想自己
要爱上清风，爱上蚂蚁搬运过的
鹊巢，黄昏中收拢薄翼的雨
再和它们一起用哗哗作响的衣襟
目送闪电之后的雷声和惊起的燕子
如果它需要，我还要用深情目送成片的
玉米，在第一场霜寒中齐刷刷倒下
紧跟着来到怀中的暴雪，我也要爱上
它最后一个与我喝下月光，也喝下不久
之后走来的死，却不向我说，这就是永别

2015/02/02

灯 火

有些灯火一直亮着，你不必怀疑
虽然这些年你顺手摸到的，总是黑夜
或比黑夜更黑的雪。它可能是一截杨枝
也可能是杨枝折断之前，与之缠绵的
渡鸦的温情一瞥。它虽不明晃晃地打人
肺腑，却仿佛是你咳出的星星的鲜血
那阵痛的明月，在你的肩头抖几抖
从未融化，也从未离开

2014/11/21

春风过

在残雪斜陌的另一翼
我歌唱过埋进河水的星星
现在，我要取下春风尖叫的
锐角。草色若有若无
长笛吹动柳枝烟笼的酒意
我想坐下来谈谈渐渐肥胖的
野火，打湿嘴角的云团
或者富于弹性的命运
可它表情平静，一言不发
它安静地分开宿雨的冷峻
和晨燕的轻啼，分开我
发梢上的黄昏与黑夜
春风过，那些我们曾经
无力怀念的事物
将一一获得重生的自由

2014/04/12

秋风来信

它请我翻到《汉书》的第四十一页
从不再安静的
鸟笼开始，旧梦有些潦草
新墨泪痕未干。
它还请我慢慢计算昏睡的时间
正被远眺的纸窗拉长，像
往返振荡的空气，也
像低音区盲目而浑浊的呼吸
比怀抱的月亮更加羞涩
但等秋风来信，我且
甩一甩绣满灯笼的袖口
"汉王出荥阳"，此事与我无干。

鸟群叙事

我和一群鸟在阅读中

因为梅花是否暗自放浪

开始不断地争吵

但我始终记不住它们

飞流直下的一瞬

那数不清的时间箭头

把群山凹陷的梦想紧紧覆盖

在我愤怒的眼皮之下

它们又像纷纷扬扬的大雪

伸向我的双手又突然收回

2013/11/19

给喜鹊

——兼致 W

有时命运就是一种折光
在黎明的树枝上，有一种寂静
属于翅膀，有一种聆听
属于渐渐隆起的炊烟
(有什么应该属于苍老之后的记忆?)
我们还没来得及告别
那一阵阵象征主义的叽喳声
就落了一地，它们点燃了
早起的霜花，点燃了我们体内
耗尽半生的泪涌——
我知道，那不是别的
而是冬天难解的症候，让我们
倍感惊讶

2013/12/05

对一只苍狼的精神造访

在夜晚到来之前
它邀我一起踏碎栏杆
对着迎风盛放的梅花饮酒
扫月，长嘶，或阔论故国
它说乌云其实是蓝色的
不过是琵琶弹破的一块蜡染
星星是不存在的，它仅仅
是心怀异端之人的狂妄
脚下的大雪虽然闪着白光
但必须用尽一生的力气奔突
才能得以抗拒另外一种
看不见的黑暗。
它向我伸出渗着鲜血的
趾爪，一声长叹：
"这埋藏命运秘密的，
一直为世人所误读。"

2014/01/03

生日颂
——给自己的四十岁生日

在变成被囚禁的灰雁之前
我一直心怀蚯蚓的梦想
极力避开寸寸刀锋，但避不开
夜晚的明月和倾斜的肉身
今天，我站在积雪的大树下
接听母亲打来的电话：
"那年你十八岁，从一片天空
飞向另一只鸟巢，现在它们如此接近。"

2013/12/31

在长春

人民大街的路灯灭了七盏
当我从黑夜的台阶上走下来
心跳加速了七回——
这让我多少有些惊讶
我掉转过身，从湖光路向西
路边与我无关的雪
尚未融化。我偶尔望望它们
即使不说话，我也能感觉到
它们正对我投来不动声色的
嘲弄和鄙夷："瞧，他多么急于表达，
像一台即将破损的发报机。"

2014/06/29

白 羊

白羊云集的山冈，群鸟带走的
白昼回来了。布满北风的山冈
也布满了雪

多么辽阔和壮美
大雪覆盖的土地云集了白羊
为灾难而生，也为灾难而死
白羊，北方的血液北方的雪
北方的灯笼布满了牧羊人
忧伤的眼神

这一年冬天的大雪普降，日日
寒风如刀
在家乡的山冈
神布下的棋局一派茫茫

1999/01/23

与蟋蟀一夕谈

夜晚的露水深如月光
和你不同，我观察夜色的方式
是用反复于床榻的失眠
但我们一起跳跃
闪烁其间的草籽
如白马，在半空中起起伏伏
让掩藏于身体中的黑
不断地变换音调
就像你带着歌声的翅膀
越来越低，我来自时针的
想象，正慢慢地
被埋入光阴的掌心
当夜晚合拢，我们仍站在
传统的秩序上，飞去飞回

2012/11/15

理发师

小巷起风了，室内昏暗
我坐在松软的镜中，假装是个
倾心于美学的人，在恍惚的
瞬间陷入自我的嘲弄
而她精湛的手艺
和谦卑的眼神成反比
像我多次梦见的火红的狐狸
在无限自我的刀光中
沉迷于造型的蛊惑
但时间是弧形的，并且
完整得惊人。我知道
在黑色唱片的转动和分离下
下一秒，我将向左，她将向右
彼此消失在生活的寓言里

2014/03/06

赋杏花

早起的雾把孤单的
眉毛打湿了。你站在那儿，扎着
月牙儿的蝴蝶结。而祭坛是只
漆黑的碗，你喝下它很久以前的秘密
像吓破了胆的逃婚女，伏在
村庄的肩膀上，冒着小雨痛哭

2014/04/15

在宋朝

在宋朝，晨起的雾不是我所能歌唱的
它曳地的长裙必是李易安
掌上的款款新荷
抑或是她玉簪上的一声鹧鸪
惊醒的梦魂，无据
仿佛她在夜晚的耳语
抖动我飘忽的长发，顾盼中
如秋千荡起的一蓑烟雨
在宋朝，我肩上的宝篆也是空的
柳枝上的新闻，池塘里的旧事
都与我有关，只需一场暮雨
我就能踏上桨声慢摇的兰舟
和卸装的落红一起
在花阴下醉眠

2013/11/02

写给父亲的信

父亲，面对远山我总想说点什么
窗外大雪漫天
你是否像平常一样
为了明年有限的收成
依旧执着地背起柳条筐
在我遮住双眼的一瞬
走向村中的窄窄土路
五十九岁，像黄昏时分
突然降临的雪花
刹那间染白你风中的鬓发

父亲，雪停了
月亮升起来了
而我忧伤的目光总是不能
穿透重重夜幕
看不见你梦一样的烟灰里
我的童年在你有力的掌心跳舞
当我含泪说出这些
父亲，你就像一只斑头老雁
躲在灯光的角落里
落满尘埃的身影
仿佛就是无法言说的孤独

2000/12/21

袖口上的水花

记得那是秋天，北风初起
一只芦花鸡在院门前，扑棱棱
扇动翅膀觅食，把它眼皮底下的
天空搅得更加湛蓝

而它头顶慢慢移动的一片白云
就是一个沉默而慈祥的老人
俯视着院中那个用尽全力
压水井的女人，眼神饱含
温暖而潮湿的忧郁

那时我七岁，以压水井的姿势
度过大半生的女人，就是我的母亲
一晃三十五年过去，每逢秋天
我就站在窗下，望一片又一片白云
被北风刮过来，又刮过去
仿佛那就是母亲用破旧的袖口
甩出的水花，和芦花鸡的尖叫声

2015/01/24

记　得

记得四十年前，哥哥

拉着我三岁的小手，在村子的

胡同里狂奔，边跑边喊："快，老张家的

那条黑狗要追上来了。"而他不知道

这些年，我们体内的老虎

正一口一口吃掉屈指可数的日子

今夜，我们兄弟望月对酌，他已

年近半百，我亦满脸洗不掉的风尘

2015/02/14

送友人艾蒿之白城

我们都有难言之苦：
挣扎于被戏弄的命运；
我们也都心怀企冀，在一生的
雪花里望穿黎明。
枯寂的时候，你可描摹车窗外
忽高忽低的树枝。
你瞧，在手机铃声的反面
我的面孔落下来
像这个漫长的世界
颠簸时需要一支镇静剂

2012/12/26

墓志铭

他终于安静下来，这个
老派的浪漫主义者，用尽一生
写诗，做梦，漫游，热爱
崇高的肉体和灵魂。他出身
寒微，但从未屈服于命运。
当你路过此地，请送给他
微笑，温柔，简单的注目
如黑夜之灯光。他一生的善意
永如春风吹拂

2014/03/24

缓　慢

一个热爱缓慢的人
不会让自己的目光
跑得太远，在乡下的清晨
雨滴比鸡鸣更懂得
抚摸心脏的力量。如果
你的脸上仍有时间
赋予的伤口，只需五分钟
忽然到来的简单生活
就赠你以反证：那么多的
大事件也完全可以终止
比如一只鸟，刚刚从头顶
飞过一段弧形的虚无旅程

2015/05/06

书 简

我要说的，是雨中静默
而灰暗的事物，遇到晚风
会突然发出光来，犹如
一片树叶擅自闯入空气的
边缘。多数时候，我会
任凭这些光线把过往烟尘
缠绕起来，它构成夹角上的
废墟，比落地的阴影
要更优美一些，恬淡一些

2015/05/06

美　好

有些时光我们注定
无力偿还，比如眼前的
这棵白杨树，孤独地
长在沙丘上，我路过时
曾经停下来对它进行仰望
和它有过短暂的对视
并一起服从于叶间的微风
这并非真正的荒凉之美
却也足够让我一见倾心

2015/05/16

一种生活

再过一会儿，黄昏
就要到来，山上的鸟
会安静地落在树巅
等待月的光线，像陈旧的
记忆缓冲，与它的梦境
形成轻微的对称，这当然
是最干净的一种生活
我得不到它，但可以在自我
设置的寓言里，对它进行描述
不错，这正是我在乡下，每天
最想做的一件简单的事

2015/05/16

有　雾

一夜小雨过后，会有雾
降落在村庄上空，我不知道
它是何时开始蔓延的，但我
喜欢在这个时候迎着风拍打
一截树干，"啪，啪"的声音
会传得很远，然后再被大雾推回来
仿佛在看不见的远处，有另一个
像我一样热爱生活的人
正执拗地想为安静的一天
留下自己劳动的果实

2015/05/17

寂静的田野

从一棵草开始的寂静
在另一棵草的腰上结束
犹如聆听，从黄昏的星开始
在晨起的薄雾的额头结束
你躺在初春的草地上自由地
呼吸，自由地把自己的倒影
埋进黑土里，仿佛把自己的
半个庭院埋进了风中

2015/05/18

春 雨

我应该叫它什么？
一只从夜半起飞来到
黎明窗口的紫蝴蝶
它在我的注视下
正朝着灯光的受害者
扇动拯救的翅膀
"今日，泥牛不入海
万物与神皆是旧简中
秘密的情人。"

2015/04/21

个人生活

多少年了，每当黑夜来临
我都要站在窗前
向夜空凝望，一盏灯灭了
就会有一颗星星升起来
或者，一颗星星暗下去
就会被另一盏忽然点亮的灯
替代。我还知道，在望
与不望之间，总有我见过的
事物从这个世界彻底消失
它们转身离开的时辰
那些我没见过的，刚好
满含深情地来到人间

2015/06/16

一些雨落下来

一些雨落下来，在你
脚前的，你叫它们为青草
在你身后的，你称之为莺啼
这些雨并不神秘，也不疲倦
在午后微暗的天光
与迟来的信件中，它们
都有泥沼上的跳荡和
树枝折断的声音。一些雨
落下来，就是你活着的眼神
一滴一滴在地上生了根

2015/06/25

遇　见

如果倒退三十年，我可能会在
干打垒围成的操场上，再次空荡荡地
遇见那个蓝衫少年，手持一节
带露的柳枝儿，小脸儿涨得通红
与一只老麻雀愤怒地对峙，不为别的
只是因为这只无辜的鸟儿，无意中
发现他向泛起白云的天空
敞开了心扉

2015/05/07

鸟　声

你知道黄昏的拐角
是一盏灯，是月光收拢翅膀后
雪落屋顶的沉默
日子就这样安顿下来
黑夜蜷伏在你的臂弯里
像风闭上了嘴巴。而时间
仍如万物，如某种承受中的鸟声
稀薄，温厚，小心翼翼地
灌入你的耳鼓

2015/05/09

晨光颂

我是蹑着双脚靠近
你的，在昨晚的夜色
冷却之前，阔大的云团
只是投下阴影的树叶
我遇到些什么，错过些
什么，都无关紧要
我习惯于独自一人
但从未妨碍晨光落地
路边的连翘丛兀自花开
它长久地凝视人间
但眼神常常为空

2015/07/02

青 草

把旧日子埋进土里吧
新日子即将来临，新的风
充满了一切可能。你
不能辨认的，青草的
幽暗，正朝着天空敞开
但它不是夜晚的掌纹
和沉默的墓穴，一如你
紧闭的嘴巴。石子，沙粒
含碱的水洼，这些
你热爱的事物，正慢慢
进入三叶草细细的黄昏

2015/06/23

劈　空

后半夜的乌云吵醒了

清晨，因为忘不掉太阳

我一个人拎着斧子进山

鸟声如雨，亦如时而加速

时而放缓的光阴，我站在

一棵树下，挥动斧子劈向空中

一下，又一下，为看见

和看不见的空气划出

一些伤口，但它们总能

在瞬间愈合，仿佛那些涌出的

鲜血，都因记忆流进了

一首诗的缝隙中

2015/05/31

春　分

今夜拉一拉黑夜的衣角
是必要的，告别了白昼的
隐痛之后，我还有必要轻轻
关上黄昏的门，即使我知道
门外就是积雪融尽的故乡
就是一弯残月，张皇地
挂在你眉间的草屑上，也
挂在偶尔传来的鸟鸣中
这是春分的后半夜，我一个人
披衣坐在草原小镇的阁楼里
为一个又一个到来然后
又消逝的节气，点亮
一盏盏明了又灭的灯

2015/03/22

黄昏又回来了

黄昏又回来了，它一回来
就躺在开满鸟声的树下
硌得我的脚掌，有些
微微的疼，但我不在乎
我本就不想搂着黄昏颤抖
也不想用尖锐的眼神
在它的身上划下一道道
伤口，更不想用自己的咳嗽
吹断越来越大的西风
和越来越急的暴雨。我不是
那个习惯在黄昏时分
落泪的人，只要黄昏能够回来
我从不在乎渐渐隆起的夜色
是谁家燕翅下，铁打的江山

2015/07/11

怀　念

这个下午如此宽阔，为怀念
留出那么大一块空地
但我仍不想点燃一只鸟
飞过时扔下的叫声
相隔这么久，已有
太多的记忆用于埋葬
比如，镶在窗框上的
花开的颜色，我们早已
熟悉，甚至这种熟悉
开始有了腐烂的香气
比如，明月厌于拂照
尘埃厌于失眠，燠热的风
厌于把手搭在更低的
云朵上，"云林清磬落"
"沉吟日几回"。我更愿意
把最深的怀念，悬在
越来越荒芜的胸口
和越来越暗的树叶间

2015/07/15

赞美诗

一到春天，大地上的事物

都要开始恋爱了。平原上，一片湖水

会拥抱另一片更加清澈的湖水

一棵树，会爱上另一棵和自己最近的树

一只鸟，会引来另一只和它颜色一样的鸟

就像一朵干净的花，呼唤出更多的花

甚至墙角下的一片阴影

也会羞涩地望着对面的另一片阴影

它们的重量，在一阵风的心脏上

远远地超过了整座天空

2016/04/06

夜雨题壁

好久没有这样下雨了
一场小雨落下来，就是说
我热爱的平原，春天还没有死去
我热爱的灯笼，还会在黄昏之后点起
最有可能的是，一场小雨落下来
即使树叶还没有从枝头探出身子
平原上的花也会开了，它们好看的眉眼
总是让我觉得在夜半时分
遇到了天上的星星

2016/04/07

春末，与友人书

窗外是漫不经心的细雨

窗外亦有流水之上的杏花

在黑夜的掌心开了多日

好久没有听到春天的马蹄声了

一杯酒的余温，和一盏茶的旧梦

以及柳枝初登陌上的浅绿

这些关于你的音讯，皆如推不出襟抱的小令

在你我曾经交错的指尖徘徊，震荡

说好了，麻雀啼后便不再一次次

眺望，或一次次分离，但一栏烟雨

还是取走了天上的水墨与锦绣

也取走了岸边的不系之舟

2016/04/16

春风咏

终于可以回家了，平原上
女贞丛开始妖娆，鸟落其上
发出比青草更清澈的呼声
像一朵云，或更多的云
摇晃它们好看的眼神
而我只是一个用情太深的人
用双手搬运了那么多清晨
递给你，像递给你一枚又一枚
新制的春笺，那上面的湖水
比我掌上的天空要更蓝些

2016/04/26

归 途

据说刚刚抽芽的杨柳

终于能够顶着南风了

紫花地丁也不再深居简出

像隐藏很久的一首无题小诗

被尚未命名的黄昏衔来

比如烟起、云逸、暮色的骨头与歌哭

你可以忘记枯枝、碎叶

和包裹日深的疑惑，但不要忘记这个——

一条泥土筑成的青草小径

始终牵引着归途的蔚蓝

2016/04/28

丙申春末乡下，途遇棠棣有感

天忽然就暗了下来
这样说，并不意味着
在黄昏离开之前，我不会从棠棣的手中
接过春天。而接过春天，就意味着
有更多的事物，要在我的体内
得以重生。比如湖水
在夜里泛起了些许微澜
你不能不说，它就是大地的脉动
甚至就是命运的轮回

2016/05/01

湖　畔

那天的黄昏来得比往常晚些
因此更像黄昏的模样
天是瓦蓝色，草翠绿欲滴
它们之间的村庄，仍是耐住时间
缓慢的赭黄。而稍微远一点儿的湖
比村庄要小的许多
仿佛一片树叶的阴影，就能把它淹没
或者，只需三两声蝉唱
就能填满它臂弯上的月光
对此，和我一样伫立湖畔的鸭跖
总是小心翼翼地，把花开得更低

2016/06/12

牧羊人从不祈祷

不止一次了，我路过平原时
黄昏都像一座不设防的教堂
但牧羊人从不坐在那里祈祷
即使光线逐渐变暗
稀薄的灯光，把黑暗挑在空中
牧羊人仍专心致志地用鞭子
将湖泊与羊群一起抽打
有时，连自己斜长的影子
也不放过。如果你刚好从他身边走过
如果你再细心一些，就会发现
身在远方的天堂，可能也是这幅图景
平原辽阔，黄昏巨大
在羊群和湖泊后面，一个牧羊人
把光阴走得如此波澜不惊

2016/06/15

母亲手扶着柴门

对于我一次次的转身离开来说
落在母亲身上的雪是微不足道的
天空晦暗，雪花一片片被风卷向树梢和屋顶
而屋顶和树梢又摇晃着向天空伸展，眺望
就像又一个冬天到来了
我只有站在离家更远的大雪深处
才能够看清母亲手扶着柴门
迎来她生命中因牵挂太久
而无声疼痛的暮年

2016/11/15

大围子村的黄昏

雪后的黄昏又漫过院墙外
那片羊群散尽的栅栏了
在大围子村，黄昏有时还会意外地
多拐几道弯儿，才慢腾腾地栖落
在杨树林成排的阴影里
仿佛它在途中遭遇了更多的秘密
比如，草场寂静，正被时光逼退
比如，星斗提前悬于头顶
正好照亮牧羊人蹒跚的归途

2016/11/15

莲花泡的树

越过山冈的低缓，冬天的大雾再也不会跑得更远了
神呐，让我鼻翼之下的呼吸分成两半吧
一半用于仰望无边的树林，另一半用来把脚步放慢
让我在您的庇佑下，能够轻声数清每一片落叶的去向
愿它们中间的大多数都落进有雪的土里
再也没有黑暗与光明交替中的爱憎；愿它们中间的极少数
即使失散在空中，也能够有处葬身，能够在惊慌之后
再也没有尘世的恐惧和孤独

2016/11/16

小雪赋

在女贞叶的顶端，少量的积雪
构成了摧毁光线的教堂，是令人震惊的
这是雪停之后，我在寄给你的短札上
写下的几行小字，如果你能读到它们
你还会想到更为永恒的生活
比如，闪着惊叹的花瓣
仍旧没有被光阴固定
比如，镜子重新翻过来
里面不仅有滔滔不绝的冰雪
还有隔着死亡的静谧
和春天即将到来的尖叫声

2016/11/21

羞愧的事

在平原上，我是唯一背着手
不需要做任何事情并眺望风景的人

仿佛我在这里活着，就是为了
看着微风把具体的生活吹得更加遥远

像那些依次离开湖泊的苇丛和灌木
也像坐在屋顶黄昏之上的鸽子

想想一生之中羞愧的事不止一件
最为不堪的，就是现在

眼前土地辽阔，水草丰美
我却未能萌生劳作之心

2016/11/25

大　雪

等了这么久，我只是想在今天
即将结束时郑重地告诉你
在杨树林落光了所有的叶子之后
在麻雀积攒了所有的叫声之后
在蔚蓝的湖水，全部结冰了之后
在屋顶的北风收起了黑夜的秘密之后
在远方变得更远近处变得模糊之后
在可供怀念的事物——消失之后
我也是一个眺望北斗且无家可归的人

2016/12/08

阿勒泰笔记（组诗）

过乌鲁木齐

自朔风吹过的轮台以北
一座优美的牧场，顺着河流的
走向，或于转身之际成为
一座比想象更为巨大的城池
自宜稿至轨同，或从更为古老的
肇阜至景惠，那昼夜传递
寒声的刁斗，早已落入
漫漶的时光之外。但那些
相望的禾菽还在，那些
密叶杨和雪岭云杉还在
如果我能于暗夜降临之前
抵达想象的两翼之间
还会在星月的照耀之下
遇见会拐弯儿的黑鹳与灰雁
遇见急速奔向辽阔之地的
棕熊与鹅喉羚，当它们隐身于
秋天的三叶草和野苜蓿之后
那自遥远飞落眼前的幻境
终于在睡梦中得以辨认

在富蕴

在富蕴，一切都是可能的
蓝色的额尔齐斯河，会在绿色的
丛林与峡谷中，从容地摊开
自己清澈的手掌；连绵的
准噶尔盆地，会在斑点云母的
注视下，和一个陌生的旅人
擦肩而过。而古老的匈奴与瓦剌
夺人心魂的海兰与紫牙乌
以及在秋光里摇曳的
赤芍和手掌参，会在不经意间
拒绝一个凭借眺望而生活的
冥想者的造访，仿佛唐巴勒
粗糙的岩绘，总是逆着时光敞开
而可可托海苍茫的戈壁与草原
总是在某一瞬间，藏起
浩如星空的无限神秘

克兰河的黄昏

与阿勒泰石桥上渐起的灯火相比
我更爱克兰河奔向无边夜色的
持久咏唱，也爱她怀抱中的原石
她岸边的野蔷薇、三色堇

和无名的灌木，如果我走得再远一些
在并不陡峭的将军山上俯瞰
我还会爱上河谷中的白桦、大叶椴
以及不知名的纷纷鸟雀
在昏暗中的辗转与跳跃，并愿意
和它们一起，把一个下午的安静
和落入手掌上的远方，放进
克兰河昼夜不息的涛声中

丁酉秋分，阿勒泰遇雨

我可以对慢慢逼近
黄昏的时光熟视无睹
却不能对落在克兰河畔的
一场小雨不动声色
骆驼山下，北疆的秋天
越来越深了，像一位哈萨克老人
低沉而舒缓的深情叙说
也像拨动山川风月的冬不拉
鸣响于戈壁荒滩上的琴弦
或许，这些都还不够，还需
山脚下椴树与月季花的俯仰
还需人们口口相传的，关于牲畜
转场的种种风雪与歌哭
才能使厚厚的夜色越来越明亮
才能使一个看惯人间悲欢的过客

又一次侧耳倾听，并怦然心动

吉木乃的雪

天还没有完全黑下来
吉木乃的第一场雪，就落下来了
在乌拉斯特河以东，在冰川纪
遗留下的草原石城以北
第一场小雪的到来
让托普铁热克小镇的黄昏
更像一曲来自古柔然的
动人歌谣，而它怀中纷错
摇曳的火绒草和飞燕草
也像和我一起万里奔袭到此的
眺望与惊奇，在戈壁和丘陵
以及山地相互沉默的对视中
为天边小镇，点亮一盏盏
温暖的思乡之灯

哈巴河之思

听从秋风近晚的召唤
那些小块儿的额河石
会顺着哈巴河清冽的涛声
走向落日，走向白桦林中
不曾熄灭的村庄和灯火

而河滩上果实深红的野芹
忽然掠过晴空的大雁
从未将黄昏降落之前的
薄雪和霜迹，轻轻揽入
汗漫星空的辽阔与深邃
譬如菖蒲浩茫，跌水跳荡
从未为白色的水鸟拍打双翅
譬如松鸡耽于想象与守望
从未为走向深秋的畜群，分开
草地上寂静而安宁的民间

布尔津的落日

即使我知道丁酉年的这枚落日
和当年鲜卑先祖看到的落日
没有什么不同，但我仍在
五彩滩陷入黑夜之前的一瞬
想到窝阔台马蹄踏过的
梭梭和银灰杨，想到三岁的小骆驼
沿着布尔津河滩上的茫茫秋草
和不时眺望远方的牧驼人
在渐渐收拢光线的夕照之下
一起痛饮星空的浩荡恩泽
仿佛河水奔涌的夏天尚未远去
而雅丹沟梁之上纵横的秋天，已迎着
一个远客的遥想大步而来

白哈巴村速写

在西北边陲，在起伏的山峰
与狭长幽深的河谷之间
那木屋尖顶上的晨雾落下来了
它们像河水缓慢的倾诉，也像
被安宁拢在怀中的旧日乡音
而在畜栏与薄雾之间
在秋意愈显浓重之际
远山的积雪与近处的炊烟
更像白桦林随手写下的
图瓦老人经年不变的祷祝：
愿定居者此生生如雪豹
愿过路人脚底不沾风尘

2017/09/20—2017/09/29

落　日

那是四十年前吧

我跟着父亲走在黄昏的山坡上

父亲肩扛着锄过杂草与落日的锄头

我的臂弯里挎着装满野菜与星光的柳篮

走着走着，天光就更暗了

风吹着哗哗作响的树叶

也吹着父亲与我起落不定的谈话

彼时世界如此安静，安静得

就像我如今遇到的永恒

2017/10/02

弯木犁

乡下的晚炊，大多是从黄昏之后
开始的。那时候，父亲刚从田里回来
他的身后，不止有马车和弯木犁
还有数不清的风和鸟鸣，以及落在
鸟鸣之上的，星斗之光与夜之宁静
每当我想起这些，那副弯木犁
就会在我的梦中，又一次犁出
让我眼含热泪的泥土与春花

2017/10/07

黄　昏

我想说的，是年迈的母亲
她今年已经七十一岁了
如果黄昏来得不是那么仓促
与惊慌，我想她的双腿还能够
迈出低矮的房门，让她看一看
平原上辉煌的落日，鸟落不惊的树梢
再看一看月出东山的安静，以及
远方儿子因为思念暗自落泪的表情

2017/11/02

落 花

其实我更爱她们悬于
枝头的模样，在十岁以前
我经常一个人在平原的秘径上
从黎明走到正午，再从正午走到黄昏
一边走一边在心里默念她们的芳名：
朴素的山杏，怀春的桃子，清风中的
棠棣，照亮黑夜的青桐……
她们一生中最美的时刻，都被平原上
数不清的鸟雀和一个少年
暗藏于肺腑，直到如今

2018/09/02

返 青

马唐草总是趁着夜色

从泥土里探出头来

彼时我正俯下稚嫩的身子

在河流中寻找满天星光

那时我九岁，常常为莫名事物的

轮廓与倒影心怀惊奇和赞叹

而马唐草正穿过一生中

最为黑暗的时刻，因痛饮春光

而变得有些怒马鲜衣

2019/06/09

河　流

一生中总会有无数沉默的事物
被一条村庄外的河流无声地带走
就像在人世无数生长与行走的骨头
被每天必然造访的黎明与黄昏
一块块悄悄取出，然后埋掉
七岁那年，我曾亲眼看见一只野鸭
早晨还在河流的上空自由飞翔
到了黄昏，竟然成为河流之上
一团令人惊讶的漂浮之物
而它锋利依旧的趾爪与未竟的心事
刚好落进了河底的满天星光

2019/06/15

月 光

在大围子村，提前降临人间的月光
常常是用来否定黄昏的
犹如那些落日中无限辉煌的鸟鸣
常常在晚风的吹拂下，纷纷
熄灭在我的侧耳聆听里
而树林的阴影，总是在月光的背后
抬起头来仰望满天星斗
那漫漫银河的对面，就是
无限安宁的辽阔草原

2019/06/17

水　井

从黑暗中出发，再重新返回黑暗
那漫长而短暂的旅途，要经过无数
光明的激荡和水桶的见证
九岁那年，我常常被村庄里
那眼老水井中的绳索吸引
他沉默而隐忍的表情，在我看来
更像一条没有归途的射线
鸟鸣声中的村庄，永远只是
一个小小的圆形起点
而未知的风雨，总是在沙漏般的
水声中，显得茫茫无期

2019/06/20

鹊　巢

很久没有用目光来测量
一座村庄的安静和远近了
从一棵年轻的杨树
到另一棵年老杨树的距离
有时隔着无数个隐秘更迭的四季
有时则仅仅隔着一双喜鹊翅膀
拍打出的无数次清澈的声音
而所有等待腐烂的树叶
都充盈着天上的阴云
时刻准备着把自己轻薄的身体
交还旷野的永恒

2019/06/22

茱萸上的小星

雪是从长白山遥远的山顶落下来的
当我敛眉于向晚的灯火
当我在黄昏的睫毛上
突然用半生的命运
将自己慢慢掏空

江有渚啊，那些仍未学会
隐身的小雪，必是层层云团
亲手剥下的落叶
为了暮色里的薄雾
和朝向江口拐弯的雨点
与雕鸣，献出滚烫灿烂的胸脯

哦，献给你，以焚毁的词语
和鹊巢上的行露，献给你
以苦楝树的情欲和茱萸上的小星

以混合着火焰与泥土的
云的颠簸与窒息……

2019/06/25

月光颂

在有你清洁脸庞的镜中
我不想用寂静的倾诉
和窗口上的蝴蝶
将鸭绿江岸边的青青旅舍
与古老的蔷薇与记忆
打成月光之结

我只想覆杯水于坳堂之上
以你体内剧烈的暴雪
和危险的渴望，为舟的浪涌
或覆一小块阴影于无关荣辱的
花枝，以你突如其来的
沉默，为岛的无名

只有隔江相望的群山
慢慢发生着位移
仿佛不分昼夜与彼此的
笑声，轻轻擦去我们鼻翼之上
江水的起伏与涛声

2019/07/15

山　雀

晚风中，那只麻脸山雀
又要飞上南坡略显空旷的林梢了
我背上书包那年，总是在放学之后
听着她的叫声，到山上挖野菜
在我童年的耳鼓里，它的叫声
如此明亮、干净、仿佛里面不止
有摇晃的春色、辽阔的田野
还有返青的野草、村庄的灯火
即将莅临人间的疏朗雨水，以及
被雨水洗净的月光与晴空

2019/08/17

短歌——给母亲

1. 写下

我想在春天的深夜里
再一次为她写下苣荬菜
身体里的晨风、蒲公英
花朵里的甜梦，写下山韭菜
摇曳的心事，野山葱细小茎叶里
不屈服于命运的挣扎
我为她写下了这些，仍不能
唤醒半枝繁星的密集涌动
和老水井里结冰的诗行

2. 消失

在太多的泥沙般的生活
消失之后，她是否还收藏着
打碗花与芨芨草的记忆？
是否还能够在睡梦中遇见
那匹年迈的老马，奋力地拉着
生锈的犁头，为无限悲哀的命运
屋顶，点亮微弱的寂静之灯？

3. 反抗

在深夜静寂的乡下
反抗月光的灰烬，就是在
起风的春天反抗死亡
把她无声地带走。"而永远
有多远呢?"当她的儿子
虚弱地把双手伸向星星构成的
花瓣，当星星的花瓣在巨大的
热爱中，哆嗦着凋零……

4. 恳求

请让她不再钟情于黑夜吧
请让她倾听黎明中嘹亮的鸡啼吧
在今天，请让她对生活
付出的一生热爱
能够获得修辞学上的
拯救，请让她在一个短句中
重新点燃灶火和晨星
在昏睡中不至于迷路
……她的儿子需要这个

5. 悲哀

从此以后，不必向我询问

什么是春天的漫漫长夜与美德

我赞美她，也不必再用融化的坚冰

和深藏时间的烈焰与奇迹

6. 卑微

被卑微加冕的春天

"带着折断绝望的力量"

而朴素的生活，并不仅仅

是荒凉风景里的忍耐

和越搬越空的虚无

事到如今，她顺从命运的安排

仍有睡梦中的教养，也有

驱赶死亡的秘密钥匙

……请宽恕她惊慌的儿子

他在清晨的雀噪中起身

只是为了让她虚弱的身体

再一次拥抱歌唱中的光

7. 宁静

一个人孤单的睡梦

如何抵达比远方更远的生活？

当她独自痛享漫漫长夜的

无限光芒，当她仿佛习惯了

用沉默的呼吸迎接三月的

杨树与去冬秸秆白生生的茬口
"啊，古老的春天，也有
巨大而宁静的阴影。"

8. 斜坡

到头来，即使最悲伤的
生活也终将一无所有
即使引领她越过冬天的栅栏
留下几道斜坡的星斗
也终将在更深的幽暗之处
化为比黎明更为破碎的
叹息。你听，河水解冻
山冈晃动，这些隐藏在我
体内的卑微触须，如今
都像晨光中的草垛，被连夜
起身的春风轻轻吹动

9. 理由

这一夜比一夜更为生动
和明亮的星空，是她年轻时
栽种的花朵与麻雀的叫声吗？
而她沉睡不醒的理由
并不只是这个。
当我一次次在寂静中将她

凝视，像凝视一滴装满人世
风雨悲欢的蜜，她已不再认我
如同拒绝承认过往的
一切生活。

10. 忧郁

一次浑圆的落日
将被深深的夜色收留
那些树枝上的麻雀和喜鹊
甚至心怀诅咒的乌鸦，都是
用翅膀填平无辜命运的
月光女神，当她听懂长庚星的
耳语，当她在睡梦中
含混地呢喃……

11. 草原

她一出生，就把自己
并不辽阔的一生交给了草原
而"草原又是什么呢"？
小时候，我总是在草原的
夜色中聆听螽斯与蟋蟀
拍打月光的声音，她总是
一脸慈祥地望着星空，仿佛
长生天生长着无数的果实

也生长着数不尽的
花香和悲悯

12. 瞬间

已经很长时间没有
仰望星空了，已经很长时间
没有聆听她均匀的鼾声了
这个春天，有太多的隐秘雷霆
向她和她的儿子滚来
——这生活的低音多么紧迫
这生命的琴弦从未如此
让我胆战心惊

13. 春夜

那些夜半醒来的
星星，和经冬未死的种子
将在月光下，共同为宁静的
村庄写下一首比春风
还要迅疾的短诗，当我
年迈的母亲在这温情
而凉薄的人世继续沉睡
当我伸出黑夜的双手
抚摸着她苍老的脸颊
和时钟的滴答声……

14. 沉默

春风中的旷野，就要收取
她贫病交加的一生了
而在寒意透骨的漫漫长夜
天空中那么多不知名的
星星，已经开始和清明前的
蒲公英互相呼应着返青
只有她沉默中的甜睡
持久而深情地吹向
我无法洞悉全部秘密的
茫茫夜空

15. 没有我……

这次，她似乎决心要逃往
没有我的世界了
那个孤独而不可揣测的
远方，当她在深夜的
月光下呼吸，当她用持续
数天的沉睡向我描述
生之无助与死之安静
我一直担心她越来越轻的骨肉
是否能够接住一片树叶
或一声鸟鸣的重量

16. 礼物

我终于把后半夜的月亮
夹进她的棺椁了
在此后漫长黑夜的阅读中
树叶将给她带去春风，雨水
将给她带去眺望，鸟鸣将给她
带去倾听，山坡上的四季
将给她带去香气不同的
人间草木，而这轮明月
将给她带去小儿子最初的
也是最后的礼物，它不只是
永恒的纪念，也是她重返故园时
照亮归途的不灭灯火

17. 春风

我从未遭遇过的生活
是在越来越深的春色中
为自己年迈的母亲
举行一次简朴的葬礼
山坡上，返青的碱草和小叶樟
已破土而出，而我的母亲
要以生命与之相怼，把自己
一生的劳顿，藏入泥土深处的

墓室。那是太阳出来之后的乡下
早晨，春风吹过不远处的树林
也吹过母亲的棺椁，让我在恍惚中
陷入一场比深渊更深的梦境

18. 无题

在天堂闪耀的光芒中
那些来自卑微生活的
阴影全部消失了。而我脚下的
泥土，已开始塌陷，我曾经
一再拒绝的，与平庸有关的
绝望，正以死亡的速度
向我袭来，并在更深的黑暗中
给予我坠落的安慰。母亲
这并不是我和你说过的梦境
自你走后，无论时间多么愤怒
我还是成了一个怀抱穷途
而无家可归的人

19. 黎明

我们最终还是被一堆黄土
隔开了，母亲。站在
日出与一小片树林之间
也就是站在生与死的

界限之间，当我用力地
像童年那样，把落向泥土的
光线紧紧地攥在手里，我并没有
获得你活着时生活赋予我的
全部暖意，却在鸟鸣纷错的泪涌中
拥抱了整座山坡的荒凉

20. 菩提

日落之后，那些生长
在山坡上的，看不清颜色的
野草，越来越像住在母亲
坟墓之上的菩提。彼时
长庚星在昏暗中形成巨大的
阴影，而它自身散发的
不可避免的光芒，更像无法掩蔽的
宝石，照耀着隔世沉睡的母亲
平安地抵达黑暗中的彼岸

21. 安魂曲

窗前的夹竹桃还没有
完全盛开，母亲就迎着
山坡上的微风走了。
平原上，即将乱飞的群鸟
即将次第打开的日出与月光

从此与她无关。昨夜
我又梦见她，穿着土布衬衫
中年的她，站在无花的树下
像一颗微不足道的雨滴
满目深情地见证着
我不得不继续下去的
被时间点燃的生活

2020/03/17—2020/04/25

秋　分

伸向远方的铁轨开始拐弯了。

我开始怀念曾经走过的群山和峡谷
也开始怀念一条不起眼的小溪，和她身边的迷雾

我开始惦记溪流中几片红叶下落不明的命运
也为半隐于迷雾中的几株枫桦暗自惊呼

这人间的秘密越来越倾斜
这人间的寂静终于和我相遇

2021/09/23

第二辑

植物颂

银莲花之歌

看哪！阿多尼斯，早春
并不柔软，它身上沾有太多的血：
情人期盼的血，马蹄下
易逝的时间的血，魔女身上
流出的写满符咒的血；
当然了，还有朝着天空
盛开的，神的血……
而我不是辽阔的草原
也不是灌木丛下，冰冷的
岩石的洞穴。我于峻峭的黎明
抵达某个存在的时刻
完全缘于你向下咬住黑暗的根
和你向上生长的，攫取光明的花瓣

蒿草之歌

我的脚印变蓝了，天空横飞
这是我愿意看到的，埃蕾图亚
为了抗拒一切罪恶
我们生下月光，月光生下情妇
情妇生下佛，佛生下时间的复眼
在北半球以北，再北，我们
久违了稻花的香、山脉的起伏
和圣母玛利亚的微笑
她们都已成为难得的症候
难得的狭邪与放肆
而我们一直保持着缓缓
啜饮诗经的样子："彼采萧兮，
一日不见，如三秋兮！"
哦，汉字早已横排，我们
仍习惯竖着翻阅人世
即使风雨已不再是昨日的风雨
雷声也不再是昔日的雷声

缬草之歌

不必多问，我就是那个名叫
巴尔德尔的人，福丽嘉的亲生儿子
我曾在乡下学打铁，治胃病
经常一个人把疼痛的膝盖
埋进让人产生幻觉的河床下
有人说，盛开的鲜花是用来呼吸的
美丽的姑娘是用来亲吻的
被巫术笼罩的眼睛是用来
探寻石头的黑暗的
而我则不，我嘴里叼着
精神世界秘不示人的暗疾
与日渐松缓的命运背道而驰
在最初的日子，把自己
奔跑成风，成雨，成秋霜中
滚滚的浓雾，直到最后
又奔跑成我自己

桦树之歌

这个秋天最可不思议的事情
是我一个人，蹲在路边
用心聆听风吹桦林的声音
风吹我的长发，也吹他们
洁白的手和睁大的眼睛
我记得这些年，一到秋天
我们就以这种方式拥抱，交谈
一起放声大笑，或失声痛哭
一起向肮脏的生活
和蜷成一团的命运投去
不屑一顾的眼神。只是今年
雷神不在，往事横陈
肃杀的凉意不同昨日
我一边听着他们美好的低语
一边扣紧单薄的衣领
我告诉自己，这个秋天
一定要把自己认作
当年走失的那个故人

菊花之歌

沿着夜晚行走，大路宽阔
秋天安静。我和菊花都是
白昼的遗腹子，尽享
月光之美和时间之苦，而
获得空气中的自由。
我转过身，很多人就告别了
这个世界，很多人又折返回来
重新领走过冬的衬衫，仍要告别
但我还不能够，我和这个世界
尚有一些瓜葛，生活还没有
尽情凋落，星星的尾巴
还在我的窗前轻轻地
扫着霜叶："那是白菊花的日子
我几乎为它的辉煌而战栗。"

花楸树之歌

你好，花楸树，我的皮利雅塔
我遇见你时，用长尾巴
剪开秋风的燕子
也起身了。她曾拒绝过
黑夜降临，也拒绝这个充满
隐喻的世界给自己的睡梦
带来的困扰，像我。
现在，她围着早秋的黎明
上下翻飞，左右盘旋
如中世纪的绅士或修女
"这天空的孩子，活在悬崖
边的祭坛旁，嘴着哼着
清澈的摇篮曲。"我们是否
应一起解开胸前的两粒纽扣
给她以圣路加温暖的怀抱？

黄杨之歌

她干惯了天使的勾当。
自小亚细亚以东，带给我们
痛苦的哈得斯，也为我们带来了
不朽，和，生与死的不屈之力；
在月亮与星星之间，骑狮巡游的
西布莉，修长的手指
持着长笛的尾音，眼神倾斜
像怀抱着温暖的故乡；我
也是在自己的庭院里
拥抱故乡的人，一口气沉下去
再沉下去，如燃烧秋天的
黄杨叶子，她说，基督暧昧
而时间狭长，比我的心跳
更快，也更持久。

锦葵之歌

又是失眠的一夜，上半夜
秋风渐紧，下半夜，我
独自一人遥望月亮，它
只有半张脸，斜洒着数不尽的
荒芜，像丰收之后的大地
它的另一半，隐没在黑暗中
像怀抱更多孤独的锦葵
她曾奔跑在树枝上，也曾
奔跑在炉火中，她为更多的人
擦掉了眼中的云翳，却
无法擦去自己内心的毒
像我这个整夜失眠的人
不想说话，也不想敲碎时间的
骨头用来疗伤。我想请求
基督的谅解，却无法宽恕
自己体内从未融化的冰。

金雀花之歌

我至今无法确认，那个扫清
夜色的，是否为巫婆的得意坐骑
或者为手持闪电与魔锤的
美貌女祭司。唉，托尔，我不是
一个低贱的人，也不是秋风中
身怀绝技和罪恶之念的炭火
在荒谬的月光下，我
更不是缘于爱的痛苦，和
举止虚伪而优雅的骑士
但我并不贫乏，如果说卑微
它不是别的，而是说不尽的
道德与高于头顶的人性
你我都知道，一切传说都忍不住燃烧
一切种子都将在深秋的沉静中
走上回家的道路，它们是你
也是我，用童年清澈明朗的笔迹
画出的，不可更改的命运

金百合之歌

读你的时候，是一个秋天的
早晨，窗外气温零下八度
隔着两层玻璃，我看见
一片树叶落在草丛里
几根枯草落在泥洼的霜上
我想它们的经历一定
不比我们更少，闪电涌出的
热泪，乌云之内的惊悚
之外的感伤，昼与夜交替的
阵痛，如一阵风，把温婉的目光
压得更低。这些，也一定不是
你盛开时的模样：柔弱，静美
将传世的坚贞移入一些孤独
生命的内部。只是啊，我人近中年
读到你时，几无合欢之念，一个人
望着窗外的晚秋，仿佛提前
把一生中的所有寒意攥在手心

接骨木之歌

我且用你空心的牧笛
焊接一缕灯光，再用你
芳香的花瓣，拼贴或组装
永不知疲倦的失眠
仁慈的荷尔德啊，秋天
并不是犹太人安放
睡梦和灵魂的玫瑰墓园
一年一度，我皆为她
鼓荡的前襟徘徊，犹疑
而秋风毕竟是停云
定制的鞭子，一遍遍
把渐凉的日子猛烈地抽打
由此，我或可一试成为那个
勇敢者，但今夜不想
因为彼岸女巫的召唤
我且化作秋月半轮
高悬于夜晚渐朗的晴空

樱桃之歌

我遇见过那个名叫樱桃的
女子，她厌倦了优雅
优雅却暖进了她的骨头
关于她，我的记忆醒得太早
像失眠的雾。
在昏暗的光线下，我的记忆
含混而复杂，但不善变
像坚硬的发丝。我这个
在尘世获得救赎的过客
已在前生度尽了劫波
现在，坐在落着微雨的
院子里，我再次看到樱桃
终于相信，乌云淹没不了
布谷鸟的轻啼，如雪的
樱花脱掉了舞鞋，就是
几近完美的宝石红
而她的从前，仍是一个谜

2014/10/02

矢车菊之歌

亲爱的，九月初九的夜晚
忽然变蓝了，七点钟
我怀里的月亮缓缓升起来
星星的光线开始
变暗，有的悄然隐退
带着最后的一点点儿毒
我知道，这不是你的
那寂静的柳林，村庄
闭上灰色眼睑的麻雀
以及投向黄叶的风
都不需要你在寒露的
偷窥中写下任何柔情和秘密
今夜，我是个独居者
也可能不是；今生
我是一个浪游者，或者相反
在同样的灰尘扑打下
日渐面目全非。看哪！
"在黑麦花的环绕下，那些
矮行的忠诚与不忠，正
白昼一样轰然坍塌。"

2014/10/02

铃兰之歌

这夜晚是多么寂静

吹自山谷的风比星光更加

纯洁，温暖，让女人悲伤的

眼泪悄悄收回；这夜晚

又如何才能从容抵达和宽恕

我空有一双谦卑之眼

却无法踏上通往天堂之梯

以获得肉体的解脱与灵魂的安宁

玛利亚，所有的幸福都

停在下一个路口，所有的

苦痛都将在黎明到来之前以

死亡的面貌终结。我一笔一笔

写下的黑夜，灯光，琐碎的

虫唱，和晃来晃去的时间

正以胜利者的姿态，进入

铃兰小巧的花萼中："那永恒

之物不必亲吻，只有歌声似旧人。"

2014/10/16

三叶草之歌

是这样，下车之后
山路有些泥泞、弯曲
某些洼处积了谦卑的水
日子也开始断裂，像
水洼边儿摇曳的三叶草
但它不彷徨，也不需要我
盯着它说些好听的话儿
它或只需我盯着它无言地看
且含一脸温情，即使
天亮后我就要离开
它也不言语什么，只是
于静默中，把安宁的目光
馈赠给我，把三位一体的
爱的魔力贴在我的额头上
就是这样，在这个阴雨的早晨
我和山路上的几棵三叶草，一起
在偶然间握住了秋天的初凉

2014/09/29

桉树之歌

天亮之后，黑夜中走出的石头
就把我吃掉了。它认错了人
但它始终一口咬定我就是
那个站在中世纪舞台上
朝着黑暗历史撇嘴、瞪眼、
吐唾沫的叛逆者。可我不是
但我确实对肮脏之物有些反感
有时还反应强烈；我经常朝着
乌云咒骂，对着树下的阴影
跺脚，甚至赤手空拳，恶狠狠地
抽打秋风中的抱负，像个
企图随时向旧梦复仇的癫狂者，也像
一个耗尽半生极力拯救时光的半神
——哦，玛尔斯，说些别的吧
天亮之前是中秋，我一个人坐在
大片的月光下喝酒，空荡荡的
月光真白啊，我忽然有些想家了

2014/09/10

桃金娘之歌

丽阿，丽阿，我也只是一个
白昼的异乡人，在看得见未来之景的
旅途中，把灯火里的故乡植于荒野
那里，打破禁忌的鸟鸣，是泥土
之上摇晃的叛逆左翼，也是
擦去天空之尘的钥匙，在更多的
僭越中具有排他性，且散发出
令人目夺神摇的深意。这一切
仿佛冰雪忽然离席的春天，我
凶狠地倒扣着十指，也只是为了
把某些看不见的孤独驱逐，再把
刮向遥远之地的风抓回一些：
"哦，你发间的芳香左右摆动
比琐碎的历史更加漫长。"

2015/03/02

兰花之歌

你所热爱的，是三月阳光下的
那段秘密情史，正如夜晚一寸寸
后退，减损；你闭口不言欲望
替身的往事，而我顺手摘下的
月光外衣，只是为了掩饰那些
轻如鸿毛的恶念或善意，它们
会在你不经意的某个时刻
生长为撒旦的手指，偶尔沉入
莫测的湖底，但终将探出水面，这
当然不是头戴兰花的女巫的魔咒，只是
陷入执念的第二个我，想以一己之力
把你托在胸口，如同托起吹来又散去的
诱惑迷香，哦，萨梯，"那经过
皇帝之口传诵至今的正直
仅仅是被时代遗弃的虚无之灰"。

2015/03/17

月见草之歌

古老的七月来了，作为旧识
它仍然比我想象的湖面更加宽阔
在苇雀与伯劳的鸣啭之间
我们仍然是时光的挖掘者
活生生地站在生活的另一边
为即将抵达的，和从未抵达的
梦境，说出敞开的沉默
但与以往不同，这个夏天
我要把自己的脚掌长成
不完美的楔形，向左
扎入黑暗中的滩涂
向右，迈向新鲜的繁殖
与不羁的逆旅。"所居人不见，
暮禽相与还。"那被正午的
湖水点燃的焦距，一直在
野菖蒲荒芜的阴影中

2016/07/05

鹅绒藤之歌

这些鸟鸣，大多来自我年轻的时候
只有极少数，来自随风震荡的树枝
在大太阳之下，它们一般不会像
令人惊惧的闪电与雷霆，于黑暗中
划过我们卷曲，或缠绕于空气的荣耀
与内心的平衡，比如幻想
之于神话，绝望之于自决
突然的黄昏，之于我们洞察的夜晚
草堂，明月，那橘黄色的飞行
并不属于你的空寂，和我脆薄的雨丝
比如，我在你的梦幻中散步
你赋予我大道至淡的乳汁
它是天空的颜色，也有天使的翅膀
让我向左，或非左，向右，或非右
似乎死亡从未存在，也从未降临

2016/07/19

升马唐之歌

荒野是静默的，星空下
单薄的鸟影落于披针形的
斑痕，如果没有命名的焦虑
没有升马唐伸向月亮的
小穗，荒野的静默
会被一阵细雨的敲打
惊醒，而透明的平原
仍是无限辽阔而安宁的
足够用来安放晚风
吹过的村庄，也足够用来
安放卑微或硕大的梦境
长花或短颖，红尾翎或宿根
都是倒向我怀中的名词
或动词，也是倒向时间
深处的夕岚或云烟

2017/07/05

风毛菊之歌

有时候，起自黑夜的风
会在星星的诱惑下
在无边的旷野中，形成
暗绿或棕色的羽状披针
从以辽阔反抗辽阔的呼伦贝尔
到徒自明亮或黯然的科尔沁
或从丰收后荒芜的田埂
到清晨时分结了薄冰的
水洼，我总能在不经意间
遇见你浅紫色的玉簪
小心翼翼地吐出微弱的香气
和趋近于完善的卑微之美
而圆融的落日不过是你
转身之际的一颗寒露
或一座更为遥远的秋山
在暮禽轻轻拍打的琴窗下
为提前归巢的兰若，点燃
一盏照亮梦境的小灯

2017/10/26

鹅掌楸之歌

在日落之前，把我的日出
放进波浪中无限起伏的烛火吧
把我身上的时间、灰烬、陈旧的鸟鸣
也都放进去。整整一天
我都在等待，等待秋的永逝、冬的来临
等待穿灰衣服的卡佛，和穿白衬衫的
辛波斯卡，他们是否也和我一样
依旧用石头做梦，把开花的星星
当作白昼的姗姗来迟，依旧以不得已的
转身为敌，以手心里的铁与砂
为失眠的镜与灯，白骨与血肉
当我和他们一起用心倾听着昔日重现
那烟尘般的往昔，就从薄冰的湖面
抛弃了悲哀、痛苦和茫茫黑暗
在黄昏丛林的掩映下
浮上心头……

2018/11/16

百里香之歌

给我清澈的半个时辰就足够了
在北大岗草原，开满斜坡的百里香
在微风的吹拂下，更像一支支
云雀送给人间的舒缓歌谣
当我弯下沉默已久的腰身
埋首于花朵与草丛之间的宁静
当我小心翼翼地用双手捧起
来自普罗旺斯的恩泽，这些
从海伦脸颊滑落的泪珠，就是我
触手可及的，晨雾退却的拂晓
就是我一团肉身无法避开的
黑夜散尽的天堂

2019/06/25

北鱼黄草之歌

黄昏后，平原上的云团又遮住
雀鸣和刚刚升起的长庚星了
而北鱼黄草总是把摇曳的花朵
停留在时间的边缘之上
仿佛它的与生俱来的遗忘与卑微
或来自天空的深处，或来自
舒卷自如的亡灵中间，当我在风的
尘埃中点亮沉默的灯火
北鱼黄草落在篱笆上的阴影
看起来更像埋在我身体里的
沉睡多年的瓦砾

2019/07/25

霞草之歌

那在黄昏将近的山坡上

扇动翅膀的，不只有远方的飞鸟

还有常常被人遗忘的，于暗夜到来

之前抵达人间的满天星斗

他们和我一样，在生活的深渊里

既有纯洁之美，也有游荡天庭的灵魂

等待花神赋予卑微而宁静的光芒

哦，我的在钻石中间，不停跑动的

火烈鸟，我的无限趋近于完美的红海洋

请把你们比死亡与悲伤更加干净的

头颅转过去，把仅存的叹息与遥念递给我

在朗朗的风中与茫茫的月光之下

我一直是那个时间的配角

2019/08/29

白菊之歌

我还是在秋天最初的黄昏里遇见了你。

人到中年，我已厌倦了纨扇题诗
也厌倦了在月光照耀的东篱下，为时间解佩

在绿头鸭浅睡的深夜，我忽然梦见了
屈平与陶令，也梦见了你摇荡的清风与暗雨

却没有梦见你减却的香炉、琴弦上的薄雾
和等待命名的夜色阑珊

2021/09/03

风信子之歌

让我们坐在月光里，想想
那些和沉默有关的事情吧
想想此岸和彼岸的距离
并不遥远。如果秋天来了
我们仍未学会凋零，仍未学会
令人在夜晚惭愧的浪漫
那么，新针和旧针，一定不会
让我们两手空空。站在
一切皆有可能的屋檐之下
我们说到了风，也说到了雨
它们同时在黎明的柳枝上
荡秋千，戏弄着打着卷儿的
云团，"唉，唉，雅辛托斯
日子像过往一样盛开，只是，
只是花香不再"。

2014/09/09

鸢尾花之歌

这一切都是自由的，也是
我们无法预料的，贞德
今天是星期五，我的体内
虽然还流着蓝色血，但
已成为时间的梗概
而不是细节。那朵鸢尾花
依旧在开，像怀里揣着
难圆之梦和彩虹本身的少女
恪守着耳畔不可辨认的传闻
这是多么奇怪的事情
蛇生双翼，却没有带来
雨水、西风和呼啸的神谕：
"所有的秋天都与我无关，
只是今夜，只是今夜
我站在历史的过道上
葆有一颗纯洁之心，仅仅
为了再看看陈旧的草原。"

2014/09/26

牛蒡之歌

有些时间会突然出现
有些时间也会突然消失
玛利亚，在秋天反复的北风中
我只有通过你才能抵达
另一种神秘，另一个从未
看见过的国度，那里
星斗变慢，鸦鸣变缓
奔跑的日子也在金钩上倒挂
像我前世放不下的爱情
也像我胸前一枚懂得心跳的
纽扣，让悲伤结成文字
让扔掉的坏天气，逡巡着
沉湎于阴暗的结构。
哦，玛利亚，"那从我身边
掠过的，不是麻雀，也不是
黑嘴鸦，而是变了形的人，在秋天
他们重新遇到了倒错的轮回"。

2014/09/30

第三辑

星空下

炼金术士之歌，给戈埃罗

到沙漠中去，就是让风吹向风
让生命吹向生命，就是让一万道
命中注定的闪电，打着捆砸向
我们共同度过的漫长黑夜
啊，是时候了，我们何时生
我们何时死，这并不重要
只有"从哪里来，到哪里去"
才能够让我们在月光的预兆中
遇见不断变化的世界，遇见
那被遗忘的过往与被揭示的
未来，"每一天都蕴含着无限的
永恒"，每一天也都被我们
秘密的希望与点批万物的语言
所浪费。那写在悲怆的翡翠板上的
手迹是关于你的，也是关于我的
它们作为上帝之手写下的神秘历程
总是悄无声息地到来，然后
再悄无声息地离去，仿佛牧羊人
在星空下怀念失踪的羊群，也仿佛
牧羊人抱着幻想，耽于沙漠中的
空无的寂静，哦，是时候了
当我用与你相同的念头，企图

将过往的时光点铁成金，当我

站在北方谷雨时节的平原之上

为即将到来的一切沉默地画下

一闪而逝的光芒，与转瞬散去的

黑暗，那纠缠我们日久的"世界之魂"

早已在女贞子的仰望中重新凝聚

那沐浴梦想与泪水的艰辛旅程

早已在无尽的风中锈迹斑斑

2019/04/20

丁酉仲春题西川《题王希孟青绿山水长卷〈千里江山图〉》

四月过后，在一条河的两岸
王希孟的青绿山水越来越像一幅
巨大的人体，而在一座睡眼初睁的
村庄之下，那黄夜走过春天的人
越来越像由风构成的秘密和点缀
为了从虚无中脱困，我们持续地
为山水命名，而我们仍是无名的
为了躲避深渊的恐惧，我们隐忍地
为鸟儿歌唱，而我们仍是无声的
作为时光的剔除者，我们的谈话
尚不能形成对过往的威胁与症候
作为乌托邦的旁观者，我们的目光
早已僭越了清晨的诸多禁忌
变成某种隐喻中的散淡和野逸
那么，我们就斜匿于词语的褶皱吧
对山水与自身之间的缝隙与疲倦
进行盲目地清点，让它们蜂拥
或让它们消失于无形，或让它们
在横绢的柔软起伏之中，和我们
共同反抗经验或超验的损毁
在打开荫翳的书页之前

我们还心存幻想与妄念

在遗忘艺术的丰富之后，我们

将咽下顺流而下的呢喃与癫狂

譬如绿松石与青金石，终将

消弭于更为广大的青绿

或如王希孟，终将走过自己笔下的

长桥，走进梦境中的空山

2017/04/21

日常奇迹，兼致诗人西渡

再过一个时辰，楼顶上的明月
就要被南风吹成落花了
而我还不想提前为树荫下的
鸟鸣重新回到自身肉体的
谜团中，那些远事中的近事
近事中风景之外的风景
比如雪景中的柏拉图，追逐
虚无的王位，以及内心
充满绝望的橘子与屠龙术
不过是垂丝海棠迟开的花瓣上
令人难以察觉的黑夜
与深蓝色，你在诗中写道：
"人们说，死后一切都归尘土"
其实我更相信，那些藏于
闹市与深山的梨树与槐树
还有老不死的柏树，都同样
抱着自己赤裸的梦境
为即将到来的又一个夏天
守候着陈旧的平原与遗忘的
焦虑，甚至在某一时刻
将自己守成一件或另一件
易碎的容器，一部或另一部

落在深夜镜中的杂沓情史

与古老的安魂曲，哦，是的

我们置于膝头上的琴弦

我们挥之不去的，短暂的

相遇与生的悲哀，仅仅是日常

生活中的一种奇迹，仅仅是为了

让我们从睡梦与幻觉中持续地醒来

为了让我们体内蕴藏已久的

毒药，用无限热爱的速度，构成

时间的胎花和大地深处的葬礼

2018/04/28

真　相

　　——兼怀诗人韩作荣

我终于可以放心地吃掉真相

然后吃掉夜窗外这场大雪

和灯光下神性的尺度

在漫长的跋涉中，我们都是

吸附时间漫游的人，如果靠得更近

我们就是悲伤的说谎者

不可救药，却无法用手指拆穿

你转过身去，雪就开始落了下来

眼前的梅花依然吐出旧叶

而日子却令人诧异

我还没来得及发出惊呼

黎明就弯下了腰

2013/11/16

赞美诗，致诗人蓝蓝

1

从这里，到这里，需要我们的
不倦目光在南风的吹拂下
急速或缓慢地拐个弯儿
而从缪斯山谷到世界的渡口
需要我们从心中的地狱
迈向更高的山峦，或更为
辽阔的海域，比如从奥林匹斯的
大雪到远近相宜的痛与善
比如从姜尚的渭水之滨
到词语的衰落或日渐趋于
完整而破碎的灯与蜜……
是这样吧，具体的生活
从未放过我们，就像去冬的
壁炉一直燃烧至今春三月
就像灼热且冰冷的黑夜
一直企图湮没硕果仅存的
黎明。唯一值得赞美的，是
我们从未放弃教堂晚祷的钟声
和用于哽咽的新春祝词

从未放弃沉浸于荒原的歌唱

与悲伤的另一个自己

我们都有必将损毁的肉身

和蔑视黑洞与荒谬的蠢动之念

我们也必将成为藏身于历史缝隙中的

某个细节。哦，是的，和您一样

我也曾"对每一次日出表示惊奇"

也曾对三月返青的女贞与泪水

表示自己仅仅是它们存于人世的

不合时宜的一片阴影

哦，是的，迎迓此生的梦境

我也在用尘土、无助、颂歌

以及一个又一个涌现又消失的

愿望，熄灭此生的谣曲，我只想

用喧嚣中的独处，忽然停顿的

汉语之航，以及越来越近的

落下大幕的黄昏与羊群

2

我又一次在你的诗中

读到了茴芹与春天的海棠

仿佛重新读到了自己在黑暗中

反复否定的生活。

这人世的生活，是星空，是火焰，

是大海的波浪，是平原上

偶尔停顿的河流，也是萨福
诗篇里从未抵达的时间的利斧
或许，生活还是你在睡梦中
切开的红苹果，甚至是半颗苹果核上的
一个高音或低音，我们为他常常
劳作到深夜，直到满天月光
涌进晚春的窗口

米沃什的黑夜

我不想一刀切开

被烟雾禁锢的月光

虽然它如黑夜黏稠

我是最清醒的一个，在众人之中

也是最充满疑虑的一个

那为密谋而疯狂的人

将在一夜之间变得无比激进

如同带来阵阵晃动的铁轨

不经意间把肮脏不堪的火焰

转换成令人鄙夷的云团

或无限道德的历史

它的花边，主要由幽暗的

溪流来完成

2014/01/08

清洗站的黄昏

——给维克多·弗兰克

你心底一直为躁动的秘密纠缠
一个幸存者，用尽自己的余生
来阐述生命的意义和无意义生活的痛苦
需要斩断过去的脐带，但它仍
流着记忆之血。像大雪之后的
这个黄昏，我手中颤抖欲倾的
杜松子酒，如果向左
灵魂将直奔天堂，向右
肉体则被嘲弄和侮辱绑架
谢谢神，我们还拥有幻灭之外的
一缕好奇，让我们记下
这困境中的一切——
罪愆、创痛，以及慢慢修复的
被解体的人格。

2014/01/07

静默中的愉悦

——给辛波斯卡的小诗

我们都曾站在悲剧的山口
大风吹落一切可能的事物
石南和马齿苋，两种塔楼下
同时生长的植物，两对几欲
起飞的翅膀，说不清谁更美
谁更充满无与伦比的
静默中的愉悦。和你我不同
它们隔空遥望，但互不相认
（石南的颜色更深些，我们
应该如何赋予它新的时间?）
在逐渐断裂的春天，我从一座
旧楼出发，走过老街、吐苞的杏枝
和不存在的墙体，和你
在开着大红花的书中偶遇
然后擦肩而过，辛波斯卡
那悲剧的山口已慢慢合拢
"仅仅一次，已构成永恒。"

2014/04/10

这个世界的孤独

——纪念加西亚·马尔克斯

世界消失了。

之于你，之于这个春天的某个时间的埋伏：死亡从天而降

像马孔多石头下面的冰块，突然碎裂

而四月不是流星，你也不是

在过多的黑暗中，你怀旧的河边土屋仍在

橡胶园里欢笑的姑娘仍在，像你蓝色墨水中

整个村庄的全部存款。

从你的左手开始，乌云向上慢慢攀缘

然后又沿着你的右手不断坠落

这些丝绸的披风，变幻不定的脸

这些说不出的寂静，隐忍的鸟

如接连不断的葬礼，喘不过气的，雨中的天

马尔克斯，当所有的枯枝败叶浮出了

脚面，当看不见的城堡在不远处

点亮不分昼夜的灯光，你写尽的百年孤独

就是这个世界的孤独，你咽下的时光

就是留给这个世界最克制和精准的暗器

它划出令人目眩的弧线扫清了我们头脑中的空白

我说出这些，是因为来自东亚某个小城的

悲伤目光，在海王星滑落天际的阴影中短了路

2014/04/18

是时候了，致诗人王家新

只有札记中的孤堡是不够的
一如春天来了，只有雪的透明款待
或过往跌宕的生活是不够的
在这没有英雄出没的年代
在这史诗难以分娩的夜晚
只有凤凰心头的沉郁之火
和长尾巴的彗星也是不够的
之于慢慢隆起的月光的废墟
之于重新长出梦境的石头
我们一直活在巨大的遗忘
与反叛之中，也可能正好相反
我们从黑暗的镜中取出
时间的寒灰，也取出三月
青草的骨肉与香味，只是为了
证明一条由积雪融化而成的道路
仍需远眺，一片与生俱来的
阴影，仍需我们将其楔入
突破肉身之壳的惊异中
恰如飞向鸟群的树木
仍需我们转过身来辨认，恰如
一首诗中的崎岖与转角，仍需
我们一次又一次用手指磨平

哦，"是时候了"，在渐渐逼近
我们脸庞的晚景里，瞩意时代的
夜莺，仍振翅于远处的黄昏
与近处的黎明交替之际
哥特兰的海滩与北平深夜的
灯火，仍互相拥抱着应有的敬意
是的，在陈旧而新鲜的时间之上
晚年的帕斯与轮椅上的特朗斯特罗默
有着太多的相似之处
在一些幽暗的地名与未来的
记忆之间，词语的风暴与断章中的
接骨木的呼啸，并没有什么不同

2018/03/14

谈谈故乡

——戏仿安娜·布兰迪亚娜

又是黄昏了，按照时间的指令

我和你谈谈故乡吧

想那时还是春天，枯叶蝶

常常用翅膀驮来草原上的风景

如一帧照片上的青青国度

不像漫长的夏日，有萤火虫

身上闪烁的，不灭的星星

为我带来明月的静谧

和花朵的喧闹；也不像晚秋

顶着一轮硕大的落日

在我的眼眶里写下短暂的相聚

和永恒的分离；仿佛一眨眼冬天就到了

它总是提前用繁复的雪花

为我搭建脆弱的墓志铭：

活着用来叛逆，死后用来皈依

2016/11/24

彗星，为戈麦而作

生活中有很多的时辰，一直
让我们的梦境处于临界
或变成临界本身。
三十年光阴转瞬散去，而你
写过的圣马丁广场的鸽子，依旧
在克莱的叙述中呼啸，像
未完成的诗章；你把谨慎的
命运献给黄昏的星与河水
却在高处的风景中，遭遇了
刀刃上的老虎和银币上的女王。
哦，三十年光阴从未断绝，我们
只是在不同的仪轨中写下各自
内心的阴影，也写下雨中的天鹅
和石头上的玫瑰，以及镜中的
牡丹，而我们未曾写下的，那些晦暗
不明的事物，可能是月光中的风烛
和夜歌中的大海，也可能是鲸鱼
背上的污点，通往神明的彗星

2021/09/24

读狄兰·托马斯

作为黑夜的反叛者

我们是否要拒绝死亡

一次次变幻不定的美声

像心智中分裂的海藻

掀动最初的暴乱

而现在，抱书痛哭的人

闭着眼睛在雪后消失的人

轻轻跑过清晨寂静的小巷

他的头顶冒着未可知的热气

如同繁茂的琼枝

耕耘着欲望与天国的热土

他吟唱着圣歌，在

三角星的引领下

获得突然苍老的勇气

和破碎的语言

仿佛暗潮汹涌的岛屿

在傲慢中获得某种质问

哦，时光，艺术，飞翔的月亮

节拍中孤单起舞的修女

在生长与毁灭之间

在放弃与背离之间

那春天里盛开的玫瑰

在饥饿的音乐中
弯下了愤怒已久的腰身

2012/03/10

冬天的湖

—— 给梭罗

天亮时，我们就到了中年

迎着笼罩目光的晨雾

你背着手，一步一步

丈量着心与树木之间的距离

如果掸去手掌上的浮尘

你会发现，时间的重量

竟是如此惊人，像

点了一夜的孤灯

照耀了窗前漫长的阅读

也照耀了你，源于灵魂的挣扎与倾听

把自制的铅笔扔到湖中吧

梭罗，水波泛着寂静

我们一起感受黎明的神秘

迟睡的夜莺，起早的野山雀

于飞翔中勾勒出农舍朦胧的安谧

我们行走，我们播种，我们在

风起的果园里低头冥思

如果不是异教徒，我们就是

天国里罪孽深重的人

用简朴和自足的劳作把沉重的肉身救赎

仅仅为了获得自由和无上的美
那神圣的，并不神圣
那卑微的，也并不卑微

豌豆花熄灭后，冬天就来了
梭罗，我们将在一场大雪中领略肃穆
领略更深的风暴在冰面和心底呼啸
这不是别的，而是
天空悠远的气息和更高的道德律令
我们沿着湖的北岸眺望
沿着眺望的远方放逐昨夜的睡梦
一只鸟成了树枝上的落叶
另一只鸟从树枝上脱离
转眼间，长庚星就升起来了
金色的沙丘也停止了奔流
当乡野旧邻在又一个清晨张望
梭罗，伴我们一起破晓的
不仅仅是黎明，还有鹧鸪鸟翅膀下的
那轮太阳，你笔下的，露水般的晓星

2011/11/11

冬天的彼岸

—— 给克尔凯郭尔

彼岸即此岸。你站在桥头张望
一只手扶于栏杆，然后弃于风尘
一只手反复清洗，用半生的时光
打磨忧伤的镜片
克尔凯郭尔，半尺阳光
在你的心底分裂，紧缩，跳跃
如果不能亲近自己的身影
那么，就自我疏忽或隔离吧
无限地接近死亡的症候
无限地接近纯粹之水的本能
所谓幸福不过是故乡无处寻觅
所谓神性不过是痛苦的根

在梦想的基督怀里锤炼
我们一起，在一场大雪中留下
致死的痼疾。打开东窗
那黎明时分毅然出走的，必将
在黄昏时分蹒跚地归来
而你去了哪里？孤独的房间里
还响动着你日渐憔悴的声音
一年内风中疾走的日子

一生的雪景里反抗的虚无

如掸不尽的灰尘，让我们心生厌倦

而信仰就是紫色的空气

就是堆在身边的季节与种子

在清洁灵魂的忏悔里

在深情而迷惘的抒写中

你毁弃了温暖的人性

却走向了自在的澄明

克尔凯郭尔，哥本哈根的异端之火

今夜只为你一人燃烧

面对餐桌前空荡荡的酒杯

你可以抬手打翻抽屉里的寂寞

你可以在通往天国的路上过得阴沉

我是一直于存在中恍惚呵

当你怀抱的虚无哗哗如枯叶

落满我微微前倾的瘦削肩头

一个说不尽的神话正如浮云远遁

一场百年前的大雪再一次

覆盖了中国北方小镇的街头

2011/11/10

冬天的悲歌

——给雅姆

从现在开始，让我把第十八支悲歌献给你吧

雅姆，十月已过去，白头翁

把最轻的蜜留在了灰色的行囊中

如果嘴里叼着烟斗

我们是否显得更加虔诚和圣洁？

在橡树下休息，风吹弯了昨夜的星光

墓地上的鸽群，呼啸着

从我们的头顶雪片般刮过

在翻动的植物志封面上

仍散发着你旧日的呼吸和徊想

哦，还有经年的干草

它瘦小的身子，沾满了凋零的霜花

之后，我们就一起安静地祈祷吧

不是为了生锈的铜板

也不是为了哀伤中的黑色火焰

而是为了月光下希梅内斯的小银

能够在黎明炫目的光线中

遇到梦想中的彩虹

如果可能，愿它温暖的背上，能够

落满了数不清卷着胡须的星星

和单翅膀的蝴蝶花

一瞬间，悄无声息地飞向

风暴到来之前棕红色的天空

无上的主呵，我们这样做

不为别的，只是为了让爱能够更加单纯

像冰片一样透明，闪着晶莹的光

在小教堂之上，在孩子们获得了必要的荣耀之时

我们一起叹息吧，雅姆

百合的叶子堆满了日渐苍老的手掌

像珍贵的、古朴的石楠丛，或者

青翠的无花果……

让我们的哭泣变成无限恩泽中的微笑吧

你谦逊的面孔，因为祈祷而陷入凝思

我生活的静默，因为初起的凉意而驱逐了犹疑

哦，就是这样，最后的许誓如洗不净的泥

那永恒的晴朗，北风中的指南针

盛满了故乡甘甜的井水

2011/11/12

冬天的哀歌
——给索德格朗

在那看不见的土地上
我遇到了你，痛苦的额头
沾满了黎明前草叶的露水
走出格窗里的花园，在
梨花纷纷的火焰中醒来的
不是幸福猫，也不是带刺的星星
危险的情绪一阵阵吹动如暴风
代替了梦游者奢侈的观察
那不确切的狂欢，深渊中的阴影和污斑
在虚幻的婚礼上取缔了海浪，和
淹没渴望的讥诮与嘲弄

索德格朗，作为道德的同谋者
我仅仅在夜晚把游丝般的线索一一辨认
玫瑰，香水，女人，积雪中的未来或奇迹
基督徒忏悔中的美，像悲凉而复杂的命运
哦，就把这不幸的一切
放在神圣的祭坛上吧
北欧的老云杉使白云更加苍老
东亚小镇上的想象使湖水在鹰翅里栖息
这不过是我们共有的幽暗本质呵

索德格朗，我们点燃了头脑中的火炬
却熄灭了姐妹之间的信任。
微小的唱诗班从天空中归来，她们踮着脚
像风信子忧伤而狂暴的情欲
在渐渐隆起的，不可揣测的寂静中
掀起了白昼与黑夜之间的雷霆

寂静呵，寂静，我们在寂静中
聆听众神的面孔，如满月上的桂树
在无限的拱顶下弹奏永不磨损的竖琴
棕榈叶间的秘密比我们的指甲还长
比岩石上滑落的歌声还柔软深邃
那么，我们就在浅色的沙滩上艰难地呼吸吧
带着孕育死亡与新生的岛屿、白鸟、风中的花
太阳落了，明天又将如期升起
我们在本能与闪电中创造的
不过是难言的隐喻、失败，如教堂中的幻想曲
在月光照临的旷野
被神示的坟墓一一收回。

2011/11/13

赠诗人任白

"电影演完了。"但舒缓的音乐，和
与之相反的生活仍在继续
哦，那些熟悉的，或陌生的生活
有时像净月潭沉默的松林，有时像
南湖公园拍翅斜逸的灰喜鹊
在我们时断时续的交谈中显影
或隐退。我们谈到了古老
而令人生疑的梦境，但常常
被梦境劫持，被赋予不能说清的神性
我们也谈到了纷错更迭的朝代
却不得不在轮回崩塌的朝代
面前目瞪口呆。我们从未想过需要
用残简中的时间，将日渐衰颓的肉身喂养
也从未奢求卑微而幽暗的此生
需要用疼痛和呼喊将自我锻造
哦，生活的海浪仍在继续
但"电影演完了"，这让我们
忽然转过头去的寂静默片
在白昼与黑夜之间，在黄昏
与黎明交替之际，我们互相伸出双手
仿佛抓到了惊醒的坚果，而触及岁月
枝头的目光，仍在漫游中漂泊

答诗人张牧宇

我们都是被春风吹透骨头的
旧人，所以我们都能够在桃花上
看见寒冰，也能够在白桦树的眼睛里
看见河流之上的小小宇宙
而太多的过往，都已是这个
星球之外的尘土，太多的黑暗
也只能让我们洞悉难以置信的
生活的光芒。你说，石榴的盛开
既是死亡，也是灰烬
而我想到的是，那些所有令人
悲欣交集的融雪，旷野与几万里河山
只有时间，为他们打开平原上
落满鸟鸣的陶罐与春天

与作家迪米特拉对谈有赠

生活听起来更像一则平原上
或湖水中被阵雨淋湿过的寓言
作为一粒微尘，我曾深深怀抱过
六十五千克怒火，却被你提到的
无限道德和梦境中的红房子
在惊讶的瞬间吹散。当然，我知道
你想说的是伟大的老子和《红楼梦》，一如
我和你谈到马车上的太阳神
拒绝宽恕而饮下毒芹的苏格拉底
以及理想国中的柏拉图和住在
木桶里的狄奥根尼，哦，我们都有
深陷古典的恍惚时刻，譬如此时
一场不期而至的阵雨，正把
我们告别的前夜慢慢照亮，如云团
背后的星斗，如鸟鸣中的叹息

谵妄之诗，给奈瓦尔

"人们并不总知道斧头会砍向何方。"——奈瓦尔

又一个黎明到来了
平原上，那带来光芒的密特拉
也为我们带来了融化的积雪
和不再熟睡的、窠臼中的往昔
要是再有女贞和红柳就好了
这些刻有斑点的，另一种石头
纯粹的夜莺的歌唱者，都是
我们心中的不可剥夺之物
始终闪耀于我们持久的眺望中
哦，奈瓦尔，让最后一个阴郁者
在自我唯一的星星里死去吧
让赫耳墨斯口含着白霜
把那黑夜中的遁逃者接走吧
我身居的平原上，没有橄榄树
也没有无花果，只有晚安中的落日
只有月光下纷纷的蜀葵
从乌鸦到山峦，从摇篮到墓地
从一只椋鸟到敲开的门
"像诗人所为一样"，收敛着
沉默的锋芒。哦，奈瓦尔

在空旷的苍天之下，在黑色的

眼睛和大蓝蝶的双翅之下

死亡并不能留下虚无的阴影

祭坛上的牺牲，并不能

改变我们体内永恒震荡的命运

这是荒谬的小夜曲，也是卓绝的幻境

就像神秘的金属为爱包藏

昏暗的此在与彼在，皆沿着

途中的草径，滑向更远更深处

但是，你看不到的黎明终于来啦

奈瓦尔，陈旧的时光已在我们的手上

——得以完成，那新鲜的时日

也必将成为屋顶上呼啸的鸽子

成为时代无力偿还的疾病与铁证

必将在吹尽尘土的南风中

点燃我们辽阔的暮年

2017/03/28

在大海的房间里，兼致艾略特

在你熟悉的黄昏里

为你更改习惯已久的幻象

或为你点燃烟蒂上的时间

几乎是不可能的

但我将在一扇窗子的

内侧，告诉你过往的一切

或未来的一切，在大海的房间里

波浪上的生活从来不需白昼的赞美

也从来不需黑夜的诅咒

这是十二月，我也像你当年

那样，在昏暗的房间里

用过剩的啤酒与过度的噩梦

甩动长发和虎皮兰的咏叹

在我们深信不疑的镜中

在一张旧报纸的序曲开始之际

"死亡真的会突然降临吗？"

当我在散发着星星气味的

窗帘上，掀开隐于其中的旧照

与不眠的灯火，犹如掀开

诗歌的头盖骨和荒野上

稀薄的河流与茫茫的风声

这是十二月，有人在瓦片上

把永恒搂得更紧，也有人
依旧视永恒为峻洁的宿敌
而我必须转过身去，不得不
面对自己从童年疼痛至今的智齿
和此生无法回避的深秋与寒冬
我悲哀于阳光下自己的
沉默寡言，也沉醉于过久的
干旱对自己的惩戒与恩赐
更惊讶于一座从平原通往
大海的房间，竟然建筑
且完型于一场精心的虚构
是啊，"在一片镜海之中"
有战栗的大熊星为你
碎裂为无数悲伤的原子
也有迎风飞翔的长尾蓝鹊
为我从一颗灰尘，在深思熟虑
之后，化为拯救苍老的星座
这是十二月，荒凉笔直
但道路依旧嶙峋而弯曲
在时间不朽的低语中
我更愿意一个人，描绘
阴影的可能与不可能
或以史为鉴，在自己的颈项间
用心描述一个小老儿的剃刀
与湮灭时代的泡沫
即使这显得有些过于奢侈

和充满不可名状的魅惑
而在时间易朽的土壤中
深埋着大围子村并不糟糕的
黎明，和莲花泡村形而上的夜色
也深埋着从你胸口推出的
巨石和夜莺焦虑的喉咙
这是十二月，我一次次
离开这大海的房间，然后
又一次次折返，像一个招摇撞骗的
登徒子，时而神采奕奕
时而万分疲倦，当我
在语言倒卷的途中
重新为你，也为自己
审视生与死，如同审视
女贞子的欢欣与风信子的恐惧
如同审视小心翼翼的寂静
与肆无忌惮的诗的山谷
你看不见我，但我能够
看得见你，也看得见伪善的空椅
下沉的遗骸，以及落满灰尘的
圣杯……这一切，都晃动于这片
"凄凉而空虚的大海"之上
是啊，在大海的房间里
我用左手与时光对弈
用右手摊开大海的波浪
和波浪间的芦花，其间可见

石头上的落日和悬于北斗的暮砧

这是十二月，百年世事

令人不胜悲痛，咫尺霜雪

亦令人如闻寂寞鱼龙

在哽咽的乡愁之上，在

记忆的伤口之上，有谁

还记得小毛驴在沙地或碱地上

留下的黑白相间的蹄印

有谁还记得老父亲袖口雨后的

贫穷与莫名其妙的自由

有谁还记得，那被打搅的

白杨林正午的秩序之美

和有待于我用诗歌焚毁的汉字

这是十二月啊，在这虚构的

大海的房间里，我最终仍要

和你一样，俯下身来为罪人祈祷

低下头与三只白色的豹子

相互交换庄严而凝重的眼神

在这等待重生的平原之上

我必将以身体的坍塌，完成

并不完美的一生的潦草

在你遥远而峭拔的守望之中

我必将以月轮上涌现的蜜糖

完成对不安之梦的背叛

2018/12/01

最后之人，给布朗肖

在平原虚无的黑夜中
最后的人，就是把自己的倒影
从湖里拉出来扔到天上的人
就是半路遇见月亮，把头扭过去
向着看不见的星星狂奔的人
就是死不可死，或终获死后重生的人
在一夜的失眠之后，我一直想
从一面镜子里拽出活生生的活
或活生生的死，也拽出他者的
偶然在场，和自我的永不在场
但你用词语的巨石拦下了我
也拦下了时间最为多余的那部分
它辽阔，如平原上的屋顶
它低鸣，如游荡于白昼与黑夜之间的
无限卑微的鸢尾。哦，迎风摇曳的鸢尾
也是命运旅途中必不可少的石头
当我们用温柔而暴烈的双手
把它们向远方之远投掷，它将成为
事物内部难以擦去的暗斑
或中断于迷途之上沉重的寻找
也将成为哀悼者透明而自持的辨识
或终结于怀旧中不堪的堕落

2017/05/09

赞美诗，兼致苇岸

黑夜是一种神话，黑夜
也是一种诗歌中不可或缺的死亡
三月来了，虽然天空仍然有些
晦暗，虽然内心的荒地
让我忆起你日渐漫漶的手札
但大地上的事情仍在持续的
诞生与消失中涌动不堪重负的
波浪，一如当年惊蛰过后
一群乌鸦的叫声，震落了
树上的积雪，一场预料之外的
雨水，拯救了即将熄灭的
关于简洁的渴望，而
西沉的太阳还像你留在
纸上的那口晚钟，或像
一只茫然四顾的蓬间之雀
哦，是的，必须以命中
注定的不幸，为活下去的理由
必须以往昔的梦境，为唤醒
泥土的一颗略微倾斜的砝码
我们才能不算糟糕地走向神秘
走向与河流相反的空阔之地
是的，你知道，我们都是

用飞翔建造春天的虚妄之徒
都在用尽平生的力气为自我
编织一张不可攻破的幻觉之网
是啊，如果没有小毛驴温柔地
用嘴唇翻动草尖上的星光
如果没有野兔谦卑地用眼神
无助地盯着我们紧紧不放
我们也许会在四季的轮回中
遇见露水中的歌手，他如溪流般
清澈的嗓音，会摧毁忽然弯曲的
月光，也会让一把来自天上的
温热沃土，落入我们提前播下的
葵花与灰烬中的遗嘱

2018/03/12

第四辑

壮烈风景

科尔沁草原组曲

01

从一片草地，到另一片草地
中间隔着一座湖。或者
隔着时而稀疏时而繁复的鸟鸣
与一阵密过一阵的小雨
当我站在草原与生活的深处
尽力克制自己的描述
还会有填补空白的琴声
漫过并不陡峭的山坡
漫过那些洒落四方的帐篷、杨树
或柳树，低下头来喝水的榆树
仿佛一只只笨拙的陶罐
在如琴键起落的，早晨或黄昏
用最纯净的露水和天空之眼
把来自遥远的风洗得更加清澈
即使不开口，我也能细细数出
它们之间用光线织成的沙丘、湖汊
哪些用来构成起伏的喧闹
哪些用来守住眺望中的安宁

02

我手心里的黑白，是天上的云
送来的，指尖上的潮润
则来自刚刚散去的一层薄雾
这些或早或晚被日光
吃掉的事物，总是比我忍住的
悲伤，更加无助与灰暗
在反复出现羊群的草原上
唯有天空壮阔而寂静
它把一条河，或无数条河的碎片
留给生活中的失败者
也留给起伏不定的红柳
如果我不与低矮的帐篷走散
就会在不远的风中，遇见
比我还要微小的沙粒，它们已开始
慢慢落向雨后泥径的边缘

03

多年前，我曾梦见并写下过它
一棵死于黑夜的杨树
会在为之落泪的人的眼眶里
化成草场上的流星，而不是
硕大空虚的满月。在科尔沁

默默度过大半生的人知道

人世浩茫，并非所有的人

皆来自草露又归于尘土

并非所有的羔羊，都生于黄昏

又葬于暮色。草原如此辽阔

轻易谈论生死的人是浅薄的

妄想在黎明中突然失踪的人

也会被偶尔停下来的牲畜嘲笑

在明净如往昔的湖岸上

我学会拒绝一些雨后的光芒

并不能构成自身摇晃

天空的理由；我脚下的

沙粒，远远小于欢乐，而欢乐

又远远小于兰花上的马蹄

04

马群的跑动会形成风

风过之后，草场围栏之外的海棠

会结出摇碎日光的果子

在科尔沁腹地，熟透的果实

仍然不能替代奔跑的马匹

驮给人们更多的遥远之忆

和来自地平线上的想象

落日的辉煌，也不能带来

我对生者与亡灵的咏叹

而消逝的歌谣与飞过头顶的
雁阵，总是在黑夜的边界游荡
那里比人们望见的黄昏
与明月还要空旷许多
仿佛等候某种神秘降临人世
让我不自禁地屏住呼吸

05

悲伤入骨的星星
从来不在月亮的注视下落泪
在一个异乡人的眺望中
悲伤入骨的牧羊人，也从来不把
口袋里的不幸掏出来撒向草丛
比如，风会掏尽雨水，雨水会掏尽黑夜
但黑夜不会掏尽虚幻的远方
和近处低过额头的山坡
在科尔沁，卑微的事物
从来不缺少神的凝视和俯察
但卑微的事物，从来不向聚散无凭的人间
低下火苗一样的头颅

06

蒲公英的头顶，是鸢尾花
鸢尾花的肩膀上，是野百合

野百合的身后，是见惯人世风雨的
苇荡与菖蒲，而连接这些淹没畜群蹄声的
是一道又一道不断移动的河汉
在科尔沁，牧马人用它们为良宵祈祷
但湖底的云朵，用它们辨别
风的缓急，和流水想家的念头
一旦倦雀的投影，铺满了漫无边际的长调
那被迫沉入黄昏的落日
就会慢慢收拢自己命运的斜坡

07

一个夜晚死去了，又一个夜晚
诞生了。在夜晚与夜晚之间
我能摸到的，不只是雨水和鸟鸣
还有比它们更清洁的事物
比如，枝头日暖，河流大言稀声
比如，忽远忽近的灯火
总在我遇到黑暗的时候闪烁
在科尔沁，死亡与诞生
同样令时间无限地敬畏
比如，死去的马仍然能够
抵达开满野菊花的对岸
而对岸的野菊花，也会抱着
白日梦，永久地停泊在
世界的另一端

08

在科尔沁，风和星星有时是扁平的
它们带着飞鸟和霜的尾巴
掠过我的脚踝时，河流会突然停顿下来
而古老的时间，这时会变成
一道深不可测的裂缝
或一道让我倍感慌乱的空白
这时，我熟悉的草原
就是一册被月光翻旧的笔记本
它记录了所有牲畜的生辰
和放牧人深夜不愿提及的伤疤
但不会记录盲目的雨季
和闪耀永恒光芒的骨殖
那是你的，也是我的
即使我们不愿面对和承认

09

是否可以这样计算和描述
从一棵草到另一棵草的距离，是五公分
从一匹枣红马到另一匹白鬃马的跨度
是一阵迅疾且冷冽的风
从昨天的我，到今天的我
中间隔着一整座黑夜

但我们共同吐纳的空气

已有了秘密的更替，小蓟花瓣上的

月光，已被鸟鸣衔来的薄霜取代

我们在各自的念头里走着

像十月顺手勾勒的几笔水墨

互相观望，互相融合，互相呼应

有时也互相僭越，并由此构成

一个无限从容的草原清晨

10

听见了吗？一切尚未完成

夜里的风，就吹灭了帐篷外的灯盏

在科尔沁，弓箭不能抵达的远方

风能够抵达；歌声不能僭越的河岸

风会把它吹成散落四方的骨头，或屋顶

在黑夜降临之后

风吹灭了昏昏欲睡的灯盏

它还要在天亮之前

吹走牧羊人棉袍上的草图

和此消彼长的星星

那闪烁万物之美的动人光线

总是不断地，变成碱草

或沙草根上的乡愁

11

河流有河流自己的走向，如同邮差
有自己湿漉漉的脚印，留给身后的黑夜
和守望的眼睛，所有的时光
都将被灰尘搁置，淹没
所有的生活，都将被浪游者
放进河中，漂向无名的远方
在科尔沁，一座毡房，可能就是一堆
从未点燃的篝火，也可能是哀悼亡魂者
从未舍弃的护身符
犹如疼痛，隐秘而复杂
亦如沉默的水声，灿烂而清晰

12

在科尔沁，无端的泪涌，总是比黎明少
但总是比黑夜多一些
在昼夜轮回的风中，我总是觉得
仿佛只是下了一场雨
河岸上的草就黄了
仿佛只眺望了一次远方
我的头发就白了
这永恒而短暂的光阴
仿佛我头顶最广袤的帐篷

总在提醒和告诫我

在草原上度过一生，一定要像鸿雁那样

遵从一种比湖泊更安静的生活

譬如，热爱远方，但不要远离羊群

热爱天空，但不要远离土地

热爱人间，但不要远离自己

13

它仍是完整的，作为草场上

另外一种深色的日光

它甚至还是透明的，在科尔沁

勒勒车陈旧，像融化的积雪

风仍是一曲时起微澜的歌

但勒勒车有时也是倾斜的

犹如晨露中的朝霞，果实中的

花朵，那腐烂的泥土中

仍未完成的一场秋雨

我在白昼的光芒中读它

也在黑夜的翅膀下读它

安静的生活如此短暂

它碾过的，高高的时日

又是如此漫长

14

有时，我只想一个人默默地

回忆一首诗，即使它比秋天的落叶

还要笨拙和沉重十倍、百倍

在科尔沁腹地，一首被我时常忆念的诗

总是不断地变换着它的颜色和形态

有时，是白色的羊群、风中的芦花

有时，是清澈的溪水、牧羊人的眼睛

有时，是乱石堆叠的河滩，像用坏的语法……

更多的时候，它只是高空上的云雀

和辽远的马头琴，在天地之间

只为一个静默的人呼唤远方

15

那些高于我们生活的灯塔，终于消失了

那些陪我走过无数个白昼和黑夜的

杨树和柳树、榆树和低矮的灌木

沙棘和女贞，也次第迎来了自己的秋天

在科尔沁，内心比草场还要曲折繁复的人

是活不长的。比如天上的那轮明月

只有飞越了举着心事的，众多的星星

才能把自己反射的，不多的银光

洒在半坡之上的帐篷

和帐篷之外，不动声色的河流

16

天就要黑了，草场上的草

终于可以放下一整天的心跳

在月光的拍打下睡一觉了

在科尔沁，睡着的草

喜欢枕着不远处河水流动的声音

梦见你，也梦见我，只有这时

我们才能在一棵草的静谧中

放下牧羊的鞭子，也放下

内心深藏的乌鸦与不幸

17

有些事物是无法描述的

比如，我的草，只长在科尔沁的草场上

而不是别的什么地方

以前不是，现在不是，今后也不会是

从一月到十月，从唯一到无限的大多数

它们在春天，吐出了新叶

如今又变得枯黄

一直离我如此之近

一直和我一起聆听着

神赋予的，河流的涛声

18

哦，是这里，山脉在这里

消失了踪迹。那无边的

碧草、灌木和不知名的野花
让呼喊变得空旷；
哦，这里，写下星星秘密的
不是蒙古人，不是奔跑的畜群
和滑向屋顶的飞鸟
在高高的流云之上
夜晚带来黎明，风带来
丰沛的雨水；
哦，这里，月亮沉向树梢
写下悲伤的句子，并带着我
写下柔软的诗行，给天空命名
那蓝色的闪电和幸福一起
轻易地把短暂的人生击中
哦，这里，是这里
我渴望的碎屑和辽远
仿佛太阳下面的神迹……

戊戌早春怀李义山

1

白石岩下，那些梦中飘瓦的春雨
还没有向更远的锦瑟与紫芝
探出头来，因而，我可借此
心染炊烟上的微微暗疾
亦可在越来越近的燕声中
把一盏淡酒，鼓一张屡思华年
与有涯之生的旧琴。不是吗？
我们头顶的月轮与棠棣
我们目之所及的琥珀与老松
或是我们早已遗忘的前世
或是我们尚不能辨识的来生
或许，这些都还不够
我们还需添寒的无尽春夜
不歇的起伏楼钟，还需
檐下的南风与鸟迹，还需
故山归墅，堂前读书
还需去冬的霜叶，为额头上的
瞩望带来清渠间的雪泥
与襟抱，带来苍雁翅膀上

日渐阑珊的灯火与星稀

2

人世终有尽头，死亡终有尽头

我们热爱的诗歌也终有尽头

而当春天重新降临尘土，总有一些

消逝多年的亡灵，又一次

返回我们易朽的怅怅肉身

像风展的旌幡，也像失眠的夜曲

或像水滴石穿的梦境，蜡炬成灰的往生

而此身仍是无寄啊，在慢慢翻动的

纸墨上，我们相遇在这繁复的人间

仿佛皆负披览垂注之命

实怀无限斜睨不屑之苦

那河上的舟楫不是我们的

那平原上的空旷不是我们的

那双飞的鸟雀不是，那兰花重叠的

桂堂不是，那映江的霜柳不是

那雪藏的梅花不是

那用于虚度光阴的黄竹

那系于明灭旷野的鞍辔

都不是我们的啊

在拂动衣袂的更漏之中

我们唯有轻裁的春咏萦于心际

在偶堪记忆的低回之处

我们唯有无报的诗篇落于樽前

3

遥远的星空，仍是一个谜……
春天到来之后，我窗前迎着
黎明盛开的香雪兰，更像柴门犬吠
与桑巅鸡鸣里的一座小小神庙
义山，十里春风，掩埋的
不仅仅是玉碎的更漏，词片
和诗人睡梦中不弃的黑骨
还有无限江山里的东北平原
和横陈于三晋之地的明月沟渠
是这样吧，义山，在冬天还没有
完全退却之前，我们都写过
多枝的琼树和待嫁的霜花
都写过苦于离别的陌上杨柳
和陷于眺望的老马西风
都因光阴之美而倾倒在河之两岸
只是星空越来越遥远啊
它们腾挪于将尽的寒夜，如闲飞
闲落的野鹤，让我们越来越分不清
杯中的浊酒和摇晃的曙色
它们闪烁于纷飞的雪浪，如即生
即灭的海棠，让我们越来越深信
那流荡在瓦片上的玉钩和人世苦旅

更接近于一种镜中浮沤的幻象

或一曲吹弹即破的箜篌

4

又一个黄昏到来了

又有一弯新月，遥挂于

林梢之上的西天，想当年

必有此黄昏与弯月，成为你

一个又一个辗转尘世的渡口

比如，寒松岑寂的西溪

永夜雾起的巴江，或如

丹青写就的湖州古郡

三更离抱高悬的洛阳与临川

这弯月之下的黄昏，必有

南风吹叶，花落故国

必有佳期失却的兰桂与斜桥

以及劫灰散尽的昆池与汉苑

一次又一次涌进你我

隔空对望的长长梦境

这黄昏之上的弯月

必有数不尽的玉珂与瑶瑟

纷堕于云波拂动的片瓦

必有隐喻中的高唐与扶桑

春色与曲水，为你我

不期然的相遇误尽平生

5

一个诗人的晚景是这样的
锦帆未落，胸次里已演漾
密如乡愁的天涯孤旅
灯火未稀，指掌间已流溢
错似秋池的巴山夜雨
人间天上，不必说醒客与醉客
也不必说歧途之上遭逢的
晴云或雨云。一千年的光阴
沿着肩上黄叶滔滔而下
那腕底横渡的雪岭与松州
那芜城内外的暮鸦与垂柳
皆如吹自晚唐的斜风款款
拂动今日平原上的默默黄昏
这仅仅是一次睡梦中
不可预料的辗转与淹留啊
一次甘棠花开花落之间
起伏不定的春阴与烟波
且待韶华尽逝的金鞍忽散
且待蓬山远走的苍梧
为重叠旧色的容颜转身
一个诗人的晚景，或是
月照西楼的绵绵怅望
一个诗人的晚景，或是

芙蓉塘外滚滚而过的春雷

2018/02/16——2018/02/20

戊戌岁杪，书寄 S. A. 阿列克谢耶维奇（组诗）

1. 我不想去回忆……

"在死亡面前，人永远是孤独的。"

安静是一种生活
和声则是生活突如其来的冒犯者

简单说吧，在时间之中
我们一直不知所措

我们一直不能清除时间中发生的事件
对我们的一次次切割

幸好还有过冬的稻草车
从黑暗中驶过，幸好还有成垛的稻草
仍旧散发着往昔的芬芳与倒影

2. 不同寻常的真相

"我知道有人会来，一定会的……"

即使他们深深隐藏在词语幽暗的
背后，像最短命的物质

作为事件的亲历者和见证者
我们始终需要时间破碎的拥抱和它有些笨拙的亲吻

哦，即使百年之后，我们和这些后来者
都将成为各自心路历程中的画外音

都将成为普通的生与死，牢牢拴住的
那深不可测的命运……

3. 我想我和你一样……

我只是想和你一样，想从慢慢变黑的骨头里
剔除至今还没有完全散去的，那没有边际的动荡与恐惧

而具体的生活一直在败退
像我们无比热爱的蓝色国度，也像
压在我们体内多年仍未融化的茫茫冰雪

之于悲伤，你知道，我们在斯大林格勒，或在兵役委员会
与在乡下家中的厨房，并没有什么太大的区别
虽然中间隔着森森，战壕，以及，一团团令人心碎和麻木的鲜血

当有人对她们说，"再长长吧，姑娘……"

哦，是的，隔着时间厚厚的灰尘
我仍想和你一样掩面失声

我仍想和你一样，转过身
乘着不明方向的火车，向着未知的远方走去

4. 未来可能就是一只鸽子

普拉斯说，"光线即死亡。"
而在你貌似平静的叙述里，在当年隔离区小提琴的
琴弦上，光线总是那样充足

仿佛除了光线，那儿什么都没有
直到多年以后，当我翻开这灰尘下的

令人惊讶的一幕，仿佛无比艰难地翻开
某些不能触碰的，充满夜色的废墟

也像翻开静寂而黑暗的岩脉
那隐藏其中的，不可预知的未来
可能仅仅是枪口下一只只颜色浅灰的鸽子

5. 天又下雪了……

我用了半生的奔跑与泪水
至今仍未能追上并无限地抵达

你用声音制造的悲伤拱门

"那就让黑暗继续存在吧……"
像布罗茨基活着时那样

我们都曾用全身抗拒莫名的伤痛，像姑娘们
抗拒回忆中的船形帽、高筒靴，以及
耳鼓里仍旧嘈杂的条令与枪声……"哦，那是秋天"

你在纸上写道，一个叫维拉的小姑娘
被兵役委员会派遣，"去草原方面军……
当炮火迫近，她紧紧抱着白桦树抗拒死亡的威胁"。

如今，天又下雪了，隔着依旧辽阔且面无表情的平原
上帝并未给我们虔诚的祈祷以丝毫恩赐

恰恰相反，在《圣经》淡青色的封底
我们依旧有别于黏土与天使，只能自己沉默地
用歌鸫的喉咙，将身上的伤口包扎

2019/01/26—2019/01/31

查干湖散章（组诗）

1. 湖畔偶得

"那么大的一块冰，仿佛能够装下
落日和整座黄昏。"

但我想它还会装下别的
比如倦鸟的两翼、切开骨肉的风
零下二十五的低温，以及几个异乡人
听到沉默的鱼群，和带血的马蹄声
忽然涌向胸口的悲伤……

2. 小夜曲

在黄昏陷入凛冽的夜色之后
整座湖上的冰就陷入了更为荒芜的渊谷里
而推开湖岸林间空地的月光
仍然显得有些小心翼翼
在寒风的吹动之下，发出窸窸窣窣的
颤抖之音……当诗人以交谈，翻越
摇晃黑暗的漫漫野火，或以沉默
翻越湖畔起伏的渔鼓与明灭的歌声

唯有辽远的平原硕大，闪耀着
星星垂地的诗句，唯有累累黄土
在马蹄铁的敲打下，折射着
时间深处的生死与孤灯

3. 多年以后

多年以后，当我在平原巨大的黄昏中
回忆一座湖的冬天
或以回忆之中整个冬天的歌喉
翻开渔猎与春捺钵的古老底牌
我是否能够在赤裸的冰面之上
捡拾到松针般散落的时间
或时间裂隙里依旧燃烧的灯火
哦，那美如明镜的隐匿灯火
仍在隔岸的寂静与此岸的尖叫
之间，与微光中的尘土
进行着持久的对抗与永诀

4. 车过达里巴

"达里巴，是一座朴素的村落，也是
一个蒙古人的名字。当你站在有霜的早晨，
向过路的异乡人递去琼枝……"

"哦，谢谢，当我在干净的琼枝面前

羞赧地露出微笑的牙齿，并深深地低下头……
当我用温柔的目光，将短暂停留的片刻
挽一个小结，像冰层之下依旧奔流的水花
也像敬畏生灵的原住民，向黄昏的
落日与黎明的日出，献上洁白的旷野……"

达里巴，既是诗人的出生之地，也是诗人
转身离开后重新折返的雀啼……

5. 是这样的

是这样的，在牧羊人离开大湖之前
就让他把黄昏中散落四方的羊群全部赶回羊圈吧

把可能的星星与不可能的碱草、羊草和铁蒿
全部放进黑夜的摇篮里吧

把一块冰变成一轮明月，或一片不存在的风景
甚至把它变成永远的不肯结束

是这样的，这并不是我想象中的庇护之所
它只是从未离开过我们的灰喜鹊
为光阴筑下的一只只悬巢

6. 落日

通常，一个人的黄昏是从一座大水的

无限沉默开始的，而一只毛脚鵟的黑夜

常常开始于一座大水转身成冰

这是戊戌年的梅月，天阴而未雪

我，和更多的我在鸟始肃的湖面上

又一次相遇，或重叠，或争辩

只是为了在忽然的落日与寂静

降临之前，能够独自登岸

与那只想象中的毛脚鵟一起

融入眺望中的辽阔与苍茫

直至成为某种神迹

7. 晨起有赋

请把落日最后的寂静全部放进

一座大湖的手心里吧

如果它愿意，还请把白昼的尘土与慌张

黑夜里恍若梦境的过往、醒与醉、劳顿与失眠，

以及我曾经的年少、枝丫上的半轮明月

都放进它与生俱来的辽阔与宽容里

"它知道，用一座大湖，结一块宛如

明镜的冰，与用一生的深情，去热爱一片

土地，并没有什么不同。"

8. 绝句

一场小雪过后，冬至漫长的黑夜

就要结束了。山坡上，女贞子的果实
在雪地暧昧不明的光线中
仿佛黑夜留在尘世的遗腹子
"乱云低薄暮，旧时月色无人识。"
我知道，余下的光阴里，他们要和自由的
茉苣、民主的小蓟，以及抵制欲望的小叶樟
一起簇拥着，熬过整个漫长冬天

9. 热爱

那些落在枝丫上的喜鹊
一定比遁于远方的江鸥更热爱平原上的冬天

当它们用扑打风雪的翅膀，扑打湖岸上
清澈的白昼与枯草，以及藏在草根里的茫茫落日

在查干湖以东，我所遇到的赞美与祝福
并不比它们更多，我想避于其间的隐秘冲动
也并不比它们更少……

在它们用双脚完成了对土地沉默的回答之后
我所剩下的灰尘般的生活，越来越像一声长久的叹息

10. 赞美

如果用黎明的长镜头从远处眺望湖的对岸

或者相反，如果用一整座湖对着天空慢慢聚焦
那些我从不愿意说出的词语
就会逐一从冰的裂隙里晃入风中
比如，树木、鱼群、大地、果实、鸟的脚印、
人和牲畜的衰老之躯……当然啦，
还有众生合唱之中的沉寂，沉寂之中的
由衷赞美与暗中书写，哦，那些尚未说出的
必是残留的睡梦，黄昏怀中的古老河道
以及一边行走一边熄灭的时间的骨灰

11. 冬天的白杨树

请等我再衰老一些，等我的双鬓
皆生白发。

请把我阅读过的一切，全部放进
风口上白杨树的枝丫，和它的倒影里

比如，一本《道德经》刚刚打开
喜鹊的叫声就带来了清洁的晚冬

比如，比平原更为荒芜的葬礼
还没有开始，死亡就成了湖泊之上
无法辨识的笑谈……

请等我满头白发，等我把心跳慢慢放缓

等我放下内心全部的荫翳

也放下暴力和仇恨，并从中取出热爱……

12. 平原一日

平原上的黎明是无限安静的

像那些落满双肩的往事

湖岸上的众多衰草

仿佛昨夜天上的星星

趁着夜色拉长了身子

重新回到了人世，而人间

并没有什么更大的改变

河水结冰，又厚了一层

白茫茫的芦花，眼里的追忆

又深了一寸，那暂留于我体内的命运

又悄悄抽走了几片落叶，仿佛

它们就是雪后关于时光的几封旧信

把我内心的荒凉，送给了更为荒凉的远山

13. 往事

那晚我唯有将一具半老之躯

搬至查干湖岸边的风口上，但尚未甘心坐化；

那晚湖水结冰，下半夜有阴湿苦寒之气

埋于床下，有如百万刀兵；那晚亦有

辽太宗没有来得及摁灭的嗒嗒铁蹄

深入窗前月光的腹地，仍旧叮当作响；

那晚我与出没于平原上空的鬼魂篝灯夜话

直到天明……至今想来，让我心生感慨与唏嘘。

14. 歌谣

我曾怀疑一座大湖的虚构之境

如何能够在三条大河的激流与涌荡之间

完成黑暗中的诞生与黎明中的转身

当我以精确的鸟鸣，无限地接近

旷野的审慎和爱

当我从阴凉的空地，无休止地取出

冰层之下鳇鱼群的尖叫与惊呼

那些我熟悉的，来自白垩纪的碱沫

就被觉醒的夜霜卷到了滩涂

15. 小寒帖

夜色降临之后，我忽然在昏暗的灯下

想起年迈的托尔斯泰，这个晚年

开悟的老男人，在冰雪包围的小火车站

从体内清除了暴力与恶、仇恨与狭隘

以血肉之躯，喂养黑暗中屈指可数的光明
我不知道他在心脏停止跳动的瞬间
是否会想到，"城中咫尺云横栈，雏雉
隐丛茅"，是否还会想到
在折断翅膀的黄昏，在北方的湖畔之夜
他厌恶的黑暗仍未结束，他在忏悔中
渴望的清澈与光明，仍未到来

16. 与己书

那些落向体内的大雪，依旧
没有停歇下来，那些落向大雪的黑夜
也依旧没有放过树枝上的半轮明月
"此生仿佛就是无法把握的诠释，
此生仿佛也是无法表达的误解。"
从一个冬天到另一个冬天，余下的生活
即将完全归于隐逸中的某些假设
从一颗星座到另一颗星座，余下的生活
也即将完全依赖于差异中的想象
或依赖于某种不可辩驳的疲惫之身

17. 询问

"那挂在枯枝上的雀噪，肯定不仅只属于枯枝……"

"那建造在冰面上的草房子呢？那些在草房子

低矮的屋檐下低头路过的陌生人呢?"

他们是否在我细心观察的片刻，也在一座湖的倒映下
有过瞬间迷茫的恍惚，以及"此身如寄"的阵痛?

——在我慢慢打开自己的背影之后
一切都是可能的，一切也是极为荒谬的

18. 回答

田野里没有人影……
田野里也没有我想要看到的光阴的破绽

终有一天，那些走在路上的牲畜
也将不堪其苦，纷纷倒在波澜不惊的湖上

就像今天，我和一群来历不明的人
在湖岸的夜色之下相遇，然后在黎明之后各奔东西

仿佛时间的关隘被某些有力的物质瞬间打开了
但最终仍被黑夜与白昼同时紧紧抱住

19. 关于一棵杨树的谱系学

对于辽阔的平原来说，上溯半个世纪
一座大湖，可能就是一棵杨树

悬于旧梦中的"庞大的纪念物"

而在神的手册里，所有的枯枝与落叶

都是白昼与黑夜相互变迁中的术语

比如，博学的乌鸦，耽于自身道德偏见

困扰的麻雀，比如我站在彼岸的倾听之耳

一次次将湖岸上模糊的阴影错认

犹如一次次将自己内心的谦逊

化作被月光唤醒的卑微

20. 在湖畔想起梭罗

在太阳升起之后，瓦尔登湖的反光

其实也是查干湖的陈年之梦

在积雪的映衬之下，我们同样热爱

短暂之美与弹指间的宁静

哦，在巨大而无限的宁静之中

我们注定为内心的盲目吃苦

为穷尽毕生追寻的自由与光明无处安息

当我们从一座湖，跌进另一座湖

不过是预言仍在继续；当我们

从回声中取出伪善，不过是

大地上的生命开始告别

2019/01/13—2019/01/18，写于查干湖旅次

丁酉早秋怀里尔克

1. 每当黄昏降临

哲学是一门艺术，诗歌也是一门艺术
而死亡与爱是"暮色苍茫的时刻"
最为惊心动魄的一门艺术
在灰色的光芒涌入我的眼眶之前
我仍是如此喜欢在平原上眺望
犹如在一座浩大而虚无的教堂
跟前，拥有出神的勇气与魔法
哦，里尔克，每当黄昏降临
每当玫瑰枯萎的香气慢慢笼罩
吹拂青草与野花的晚风
我总能想到"额头清澈的"
星星，想到深藏于烛火内部的
黑暗与悲伤，想到沉默
而破碎的头盖骨，它们如何
在一天之内经历四季，甚至
经历漫长而短暂的一生？
想到它们又是如何在分离自我
之后，彻底瓦解从未出现的
神祇与上帝，哦，里尔克

拥有一生，并不意味着能够
使一生完善，而完善的一生
又不意味着能够使仓促的一生
拥有谨慎的适意与旷达的从容
那笑声朗朗的深渊，并不是
我们发自内心的否定之否定
那"狂野的苦楚"，并不是
我们掘自肉身的、巨大如黑夜的
隐匿之梦……哦，里尔克
从中欧的博登湖，到中国北方的
向海湖，安静的村落依旧
美如明镜，从一缕细小的微光
到明晃晃的道路，波希米亚的秋天
和开通镇的秋天，并没有什么
更高意义上的不同，哦，里尔克
多少年过去了，废弃的黄昏
仍如文字砌成的一道巨大的围墙
仍如横亘于我们心中的陌生国度
我们一直试图用尽气力凿开它
仿佛那个反复推石上山的疯人
让自己并不相识的一生
得以在惊惧中构造和突围

2. 时辰祈祷书

一切都是危险的，当我在

战栗中望见那"最初的
白色的星形花序",望见
心存悲伤的孩子,一棵一棵
拔去心头的茫茫荒草
一切又都在弯曲折叠的镜中
主啊,请让我再一次远离
沼泽之地吧,再一次远离
那用于无尽漫游的旷野
让它们在我转身之际
把生之癫狂与死之寂静
都横放在平原的琴弦之上
把梦之断裂与醒之痛苦
都高高地举过瑟瑟发抖的
铁皮屋顶,让嘹唳的阵阵雁鸣
留给黑夜的辽阔,让深褐色的
秋天提着灯笼大步而来
"我曾是一个孩子",现在
仍是,在您仁慈的脚下
那潜心吟唱的里尔克,也是
一个梦见太多自由的孩子
哦,那就请您赐予我们
极度安宁而陌生的生活吧
再赐予我们事物的隐秘之心
与透明善意,在这尘世之上
它们和我们一样,拥有着
日月的轮番照耀,也拥有着

小巧花园的浅睡与孤单

主啊，如果您还愿意，还请把

覆满我们周身的琥珀色的时间

变成荡漾的湖蓝色，变成

可以无限伸展目光的苍穹

这些宇宙中纷飞的碎片

既将"在光之前消失"

也必将在幽暗之后生成

3. 暮歌中的雾像

一首宁静的歌谣结束之后

辽阔的地平线就隐没于

我们黄昏的短暂祈祷之中

哦，里尔克，在牧羊女清洁的

眼神里和脚踝上，接骨木

依旧"劫难不断"，而长春花

和翠雀依旧摇曳于自我的

闪电中……它们习惯于

用无辜的惶恐，紧紧地抱住时间

也抱住我们的臂膀，如同

在不为人知的暮夏湖畔

月光垂地，完全是为了虚构的

幻影，为了某些羽翼上的渴望

与桃金娘深深的忏悔……哦，里尔克

为了免于更深的不幸，在又一首

宁静的歌谣开始拨动之前
我们要亲手取下画布上铁灰的命运
取下半生潦草的步伐与阴影
取下关于未来的愤怒、悲伤
和关于过往的黑暗。你似乎说过
那生于高处的,必死于明亮
那浪掷天空的,必安魂于渊谷
或许还有另外一些情形:
那倾听飞鸟的,必手持鲜花
那敲动赞美的,必于更为荒芜的
路上,获得苍茫暮色中的大地之心
是这样吧,里尔克,这些都是
极为平常的日子,如夹竹桃的花伞
依然由起起落落的星星托举
如挺特于风之褶皱间的白桦
依然用峻洁的枝丫展开自由
哦,这晚雾中的自由,从未
熄灭的镜像,依然让我们
在沉沉睡梦中难以自拔

4. 你的火焰

终于可以面对你的火焰了
终于可以面对火焰之后的灰烬了
里尔克,这些拥有金属质地的
询问,这些硕大而清澈的背景

并不是你在暗中看到的
那无法完成的"最后一环"
也不是白色宫殿中无限脆弱的
海边的一幕，我慢慢地走近它
靠近它，并未觉得昏暗是一种乐趣
与之相反，昏暗只是构成旷野的
极其微小的一部分，譬如
屈指可数的浆果，行走于上帝
宽大袍袖之上的风，以及你独自
寂寞时的低声呓语，都是夜空中
不可或缺的风景，都是一团团
毁碎之焰点燃的星辰，哦，里尔克
我从每一道光芒里所获得的
不只是带有原罪的诗歌，不只是
时间不断锻打自身的铁锤
还有你从未看清的荫翳
你从未领略的沉默和无意义
它们是更高枝头上的拨火者
在双手互搏中抵至成熟
在月光的纠缠中完善了自己
使自己从一种事物变成
另外一种更为神秘的事物
这是怎样的预感啊，里尔克
我们从"火焰"这一单词中
寻求生与死之间的平衡
却在其中洞见了惊惧的全部

秘密，仿佛此身"永远不在"
而"我想递出自己"，让那永恒的
无边的夜色，轰隆隆碾过平生

5. 提前的入睡者

寂静，沉默，越来越远的白昼
哦，里尔克，从一棵"悬垂的柳枝里"
我们仍然能够听到乌云的嘲笑
与闪电的盲目，以及分针与时针
之间不安的波动，它们比寂静
来得更缓慢些，但更加持久
更加充满来自生活的敌意，仿佛
我们曾经试图抓住的水草尖上的
祈祷，或平原与湖水之间
来回逡巡的，野鸭的薄薄双翅
哦，里尔克，在从幽暗中学会
热爱生活的旅途上，总有高贵的
琴声倾诉从未痊愈的痛楚
总有关于万物之谜的预感
自黑夜的底部，慢慢涌过我们
单薄的胸口……我们躲闪着
我们一脸庄严地逃避着这一切
可是啊，亲爱的里尔克
在这永恒的、喧嚣的时代
那梦中的简朴与卑微，仍如

朗澈星空之下的蔓草，自我们的
体内呼喊着一次次生长出来
这些，并"不为了受难，不为了
得救"，而是为了让此生获得
充分的质询，为了让来世
仍旧拥抱道路与森林的双重照亮
是啊，里尔克，在越来越深的
寂静与沉默之中，我们又一次
听到久违的海浪的翻滚
又一次用掌心的虚弱之火
点亮屋顶上的明月，哦
这长久的睡眠何其甘美
这漂荡于水上的诗篇，唯有
洁白的飞鸟才能——辨别

献给米沃什的诗篇

1. 将尽之诗

然后，我是说然后就到了
夏天了，但在乡间的荨麻丛里
我已找不到合适的墓碑
用来记载赞美与永恒
在被妄想打开的中午时分
我手持着青枝，仿佛一个
初领圣体的孩子，在芍药花之上
和诗歌的字里行间，搜集着面包与酒
鲜血与幽灵，也搜集着鹈鹕与圣殿
审慎与痛苦，以及埋伏于河流之下的
所谓生活和不可能的幸福与秘密
哦，当我在这初夏的中午时分
一次次远离教堂中关于瞬间的讲义
远离诗歌的源头与上帝的拯救
这仓皇的世界仍在奔跑，这令人疑惧
和短路的生活，仍在一张虚无的纸上

2. 将隐之诗

其实，在缓缓流过的河水之上

赞歌与黎明，都是我们无法回避的
废墟，而时间对于我们来说
也仅仅是一场偶遇。
在初夏的门廊与楼梯的阴影之间
我们也曾为传说与诗歌，写过
罂粟的寓言和林中旅行的献词
但我们都知道，在时代的背叛
与图景之中，那被侮辱与被损害的
逃离，并不意味着告别，告别
也并不意味着能够在鸟颂中
获得生活的真相，这些并不算太多的
教训与惩戒，仿佛夏日黄昏的
一道道闪电，为了阅读诗歌的残片
落入四野无人的晚炊

3. 将别之诗

我们将在六月末的河边
遇见久违的彼岸，且草原上的
蓝盆花和山丹花同时开了
像我们献给岁月的祭酒
与无限渊默的赞歌，也像我们
至今不能确认的诗的艺术
与波浪中的咒语或忠告
而我们在阅读中获得阐释的
风景与天使又是什么呢？

譬如太阳在黎明中升起，然后
又在黄昏中落入远山
譬如幸福或痛苦的一生
终将走向隐秘的夜色与衰落
我们在有限的一生中，遭遇过帕斯卡
也折断过风中摇曳的芦苇，我们在
即将结束的透明旅程中走向永别
这一切，都倒悬于历尽危险的镜中

4. 将挽之诗

"在多年的沉默之后"，我们依旧
相信夜莺比拯救更倾心于黑色的
背叛与烛火，依旧相信能够
在充斥无尽恐惧的平原上书写
自身的沙漏，以及来自门廊的
阴影和罂粟的预言……
而在传说与大地的夹角之内
在黎明的废墟与林间的空地之间
我们终将站在必然牺牲的
地平线之上，比如时钟停摆
而光阴仍在继续流逝，比如
星斗开始加速演奏，而在弯曲的
牛栏上，鸦群的召唤已然发出

5. 将忆之诗

那些无数次落日给我们
带来的，并非全部的黑夜
与转喻中的平原，而命运之虎
总是在一首永远无法完成的
诗中袭向我们尚未熄灭的
心头之火，我们在其中
追忆故土，等待即景里的黎明
或者在互道晚安时，挽住
各自词语的地图，我们试图
将其作为长住之地，却在无意之间
坐上了古老黄昏与梦境拐弯处
与坏天气无关的马车

6. 将逝之诗

面对大河，我们又能说些什么
生命如此短促，而又常常谬误丛生
无论是上帝垂青的卡普里岛
还是鲜花遍地的科尔沁草原
都曾是命运女神照拂的
某一神秘之地，你我都知道
在河流对岸的笔记本里
上升或下沉的圣殿，皆在

我们曾经奔跑的体内，也在靠近
宗教的、永不停歇的梦境之中
这些显而易见的自述，仿佛
献给海兰卡闪耀光芒的祷祝
也似不断醒来的诗人之死

2019/05/25—2019/06/27

诗歌笔记——向博尔赫斯致敬（组诗）

1. 圣马丁的月亮

有多少黑暗不能亵渎

就有多少街区和平原上的屋顶

需要我们用缓慢的心跳——衡量

并在无聊的茶叙中持守，打发

如同某种不能表白的秘密

不能互相混淆的梦中之梦

在圣马丁练习簿的反面

又有多少河流需要我们

以不洁之躯横渡，有多少

凿不透的海水，需要我们

在有月的夜晚将其密闭

或像漆黑的花园，将昼与夜

无情地瓜分："逐渐远去的事物

终将归于消失"，不是吗？

那宁静中的自我，不过是

一份草草写就的手稿

而我们仰望拱门时唱出的哀歌

更近于企图免罪的最后审判

只是夜幕仍如巨大的鸟翼

亦如谈虎色变的往昔

将我们空悬于北方的某个村落

某个午夜，某个虚幻的三岔路口

且深沉地笼罩着时间的窄门

2. 另一个，同一个

说到底，我们都是时间的配角

坐在你身边的伊达戈尔

也从来没有向你这样深情地表述

之于我们体内的音乐，迷宫中的镜子

从来不够精确，也不够用来

抵挡生与死的微循环

而在时间的深处，在昙花一现的

上帝与地狱永恒的光芒之间

在金黄的老虎与放纵的玫瑰之间

也从来没有黑暗而遥远的花园

值得我们用力地掷出虚无的骰子

用来猜测曾经苦度的迷惘、恐惧、灰烬

以及让失败得以终结的生活

哦，够了，你笔下描摹的龙、狮、豹

有时并非语言的大火所能隐喻

我闲置于落日巨浪中的旷野

有时也并非为了向一贯的神秘致敬

"所有的人都在恒河沐浴"

而我们刻于瞬息谜面上的觉醒

直到今天仍未到来

3. 诗人的工作

平原上的黄昏又降临了
生长于我们体内的时间
仍在悄无声息地损耗，仿佛最后的
死亡也不能将其阻止，中断
它像上帝不经意的口谕
也像迟来却不熄灭的灯火
持续地用黑暗掩住惊呼的嘴唇
更像高踞于石头内部的生活
把梦境的波涛反复推送
它并非永恒，却流传于永恒的
意象，它不同于草原的穹顶
却被另一种苍茫的暮色
点燃无限的激情，哦
"一种音乐，一种声息
和一种象征"，那照彻我们
骨头的河水与明镜，至今
仍有不朽的年轻面容

4. 为六弦琴而作，或影子颂

置身于某种命运的悬念与幻觉
又一场大雪降临了，但我们

从未置自己于时间之外

也从未置简约的黎明于繁复的

黑夜之外；作为微不足道的小人物

我们也从未迁就过陈旧的语言

和福音书上令人费解的迷宫

哦，那古老的歌谣又在六弦琴上

跳舞了，那不甘于尘埃呼救的行星

又在自己的阴影下疾速地滑行了

在一场大雪的消散过程中

它们始终和我们相悖，它们

始终用遗忘和渴望"表达月亮、

死亡、早晨"，那是一九六九年的

以色列，或布宜诺斯艾利斯

我们知道，凝固的道路并不遥远

而虚构的史诗正慢慢生成

5. 深沉的玫瑰

一切皆未可知。而在夜莺的叫声中

黄昏更像死于黑夜的自杀者

比如，镜中的玫瑰，总是需要

一场大雪的救赎与映衬

或一次烈焰激烈的烧灼

才能够让无法忍受的边界

重新熨平并受到神话的限制

又如，那不言自明的界限

总是在夜晚星辰的交相辉映下

才能够重新构成凶猛的命运

让昼夜不再于飓风中平静

哦，这不仅仅是一次独特的意外

也不是无限延伸梦魇的护身符

在这"永不停息的镜中"，我们

获得了枯燥的语法、回声中的修辞

以及深井里的炼金术，却同时

丧失了远处的岛屿、神秘的白鹿

和精致花园里的迷宫

6. 镜中故事

"异教的十字架将抹去新月"，

但镜中的夜晚并不会成为

最后一个夜晚，也不会成为

无数个夜晚的总和。那些

被时间遗忘的比喻也是无用的

仿佛从中国北方无名的草原

到南美洲无边的大海，并不需要

一匹失踪的马驰过心头的迷雾

和幻想中的星辰，也不需要

无关紧要的老虎为了诺拉的爱

在清醒的尘埃之上梦见梦中的自我

哦，这记忆之链上的游戏与城堡

这从左手传到右手的，怀旧的情绪

开始从铜版画悬置的反面挣扎着逸出

而实际上，什么也没有发生

7. 挽歌

黄昏过去了，"天色确实有点儿黑了。"

那些死去的三叶草，死去的浓雾

和死去的天空中的月亮，以及死在

十字架上的基督没有什么区别

与密谋中的黑暗相反，古老的时间

开始在一场大雪的喧哗中

向后倒退；破败的星空之下

我们停止了对隐喻的漫长追寻

在鸟鸣起落的、白色的地平线上

我们都是沉默不语的人

我们都是不肯泄露天机的人

我们都是脚踩着大海和眼泪

奋力地摇晃风中之烛的人

而作为一个默默无闻的游荡者

我又和你不同，你写下了寓言

我就在寓言的拐弯处屏住了呼吸

你写下了昨日，我就在昨日

尚未逃离之前，关掉了

只剩空名的云烟，哦，寓言是云烟

昨日是云烟，今天和明天也是云烟

你说，生活并非一场梦境

我们有时却不得不像梦境一样
持续着自己灰烬中的生活
仿佛"所有的昨天都化作一场梦"

8. 哀歌

一枚铁币的正面或反面
并不能代表我们一生中的黄昏或清晨
黑暗之中,一场大雪的降临或消融
也不能解开深藏奥秘的文字之谜
哦,"上帝的长夜没有尽期"
我们在灯下一夜白头,不仅仅因为
自身的怯懦和盘旋头顶的庄周之梦
还源于窗口之下草木黑白交替的命运
寂静之后,那时间的沙漏
将更加寂静;回声之前
赫拉克利特的箴言也仅仅是回声
短暂的勃拉姆斯和轻微的明月
天真的征服者和梦魇中的君王
他们始终在你的笔下跳跃,如火苗
也始终在虚无的镜中叹息,如灰烬
譬如怀念,不过是我们把宗教中的自我
又一次翻转;譬如遗忘,不过是我们
彻底清除了历史带给内心的污秽

9. 天数

翻过一座结冰的湖

就是梦中梦见的那座教堂了

照亮图书馆的灯光，刺破夜色的宝剑

以及布莱克手中的玫瑰

被信仰笼罩的痛苦，被怀疑的愿望

与被消逝点批过的记忆

都将和鸟啼声中的大雪

再次回到蒙灰的穹顶

如果说一首诗就是一次赠予

那么，一个黄昏就是神道上

一组精致的俳句，或幸福

或让灰暗之瓦死去的帮凶

当然，还应有些不能置疑的，别的什么

比如等待销毁的戒律、失明的启示

墓志铭上的天数、弯曲的镜子

连接着扭打在一起的回声

是的，你我都写在镜子里的遗嘱

和回声，都是我们预料之中的极点

比如琴音悄寂，雪又落了下来

仿佛这个世界又一次坍塌

我们再也没有任何办法拯救

10. 礼物

终于要结束了，终于要进入长久的历史了
即使结束是时间的一部分，也是历史的一部分
时间和历史，仍是布满我们回忆的
无法逃离的巨大阴影，拥有不可见的音乐
和悲剧的本质，拥有伊斯坦布尔的幽灵
布宜诺斯艾利斯的幽灵，以及卢加诺
街头拐角的、老虎和巨蟒的幽灵
这算不了什么，在镜中的镜中
在梦里的梦里，我们还拥有不必要的拯救
和那不可超越的，经线与纬线织成的
锈迹斑斑的地图。那么，我们是否还会
继续拥有石头上的智利和瓦片上的中国
两者会合之处的，腐朽的艺术，沙漠上的
飞泉，流动的尘世？是否还会拥有
"比恒河还遥远"的生与死、想象与孤独
光明与昏暗？如今，时间消失了
我们仍在一波接一波的迷宫中
相互握着熟悉的声音，那并非某种风格
而是，用于怀念的遗嘱

11. 博尔赫斯的一生

他的前半生，用来阅读和记录死于战争中的祖先

历史上形而上学的恶棍，艺术上的模范人物

以及无关痛痒的，犹如灰烬的永恒

后半生，则用来清除体内陈积的黑暗

把自己的骨头，一块一块扔进花园

如同把记忆扔进冬眠的土地

把天上的老虎，扔进分岔的闪电中

壮烈风景

1

雪是从黄昏开始潜入人世的黑夜的。

那些死于白昼的人，听从雪花的召唤，一起潜入永恒的白与黑的内部。

只有我一人，独自迈上风雪中的山峦，跟随羊群的脚印走进牧人的帐篷。

那帐篷，镶着银钉，好似鹰眼。
那羊群中的羔羊，披着神的赞颂，好似基列山脚的雅歌。

愿我在摸不着边界的黑夜里，能够攫获所罗门的松香。
愿我在此世谣言的激流里，能够察觉星斗不再是一个个符号美学的表征。
愿我拥有永远活下去的秘诀，并能够手持束薪不被时间分解。
愿我因"哀此孤生"而成为不布施者，无信仰者，甚至不牺牲者。

因而，我之此生即为死之彼岸；因而，我之辽阔即为佛陀之泪光。

2

死亡必被太空之梦和内心的旌旌所引导。

而泥淖里的芦苇与太阳下的棕枝并不会因死亡
被莫须有的命名双双折断。

但雪花仍然是必须的。但雪花内部的黑暗仍然是必须的。
但我为什么要在风雪之夜想起大海的阴沉和死亡呢？
但我为什么还要想起月光摇动竹影的承天寺和弘一的草庵
钟呢？

"云海天涯两杳茫。"当我在星宿的角芒中打开冬天的巨浪，
当我用一把胡琴向敞开的哀歌说出愚妄之辞，那些梦境中的
大雪
便落满了闲置的灵魂。

《五十奥义书》有云："有欲望者如是。"

3

在平行的死亡的序列里，雪花更多的时候只是那些
被遗弃多年的声音。哦，那侧耳听到雪花的人有福了。

那于平息的灿烂中跃出大海的老虎和豹子有福了。

那淹溺于搬不动的月光的人有福了。

在无限平衡的上升里，唯有我作为一个奇迹活了下来。

而奇迹即是一团痛苦，一部《宋本杜工部集》。哦，那时，我在黑夜的雪里遗失了生活的钥匙，头发雪白的老人却从未告诉我生活并不需要回答。

那时，"一天星斗寒"；那时，关于死亡和雪花的秘密作为"零"，一直藏在神的舌头里。

4

如果从《列王纪》或《道德经》算起，那些隐身于暗中的雪

便是我们无法回避的回望与源头。

如果我们把雪夜里试图过冬的蟋蟀的歌唱，算作里尔克、帕斯捷尔纳克与茨维塔耶娃

之间的互答书简，那些隐身于孤寂的雪，便是我们不得不洞穿的头颅。

啊，更多的晦暗不明的生活来自远方的某一不可名状的角落

啊，更多的满载乡愁的舟子，在返航的河中成为

荷尔德林与我们不得不面对的安魂曲。

如果"我生来似乎就为的是去受苦"，如果我在自己

身体的边境上，能够让萨福的赠别成为纷纷落叶的墓志铭

哦，如果我依然能够凭着木匠的手艺
继续接受神的奖罚，并能够向酒神祈求
让收麦者成为偷蜜者，让暮色中的德行
成为李白的茫茫烟水或梅尔维尔浪花上的白鲸……

那就请时间继续将我进行永恒的雕刻吧，
就请写下《农业志》的加图，在我受伤的脸上写下：
"你有多少马匹，就应该有多少辆大车。"

5

在最深的黄昏里，寂静真的可以构成一种暴力吗？
"人皆可为舜尧。"要抵达此境，单靠即将到来的积雪之梦是不够的，
还需一场临终告别的大雪，洗净满脑子的胡思乱想。

鸥鹦与蜉蝣终究是有区别的吗？但"既破我斧"就真的存在过吗？
比如，猿愁不过是黑夜自身的修辞学，卷卷的落叶忽然化身为幽屏；
比如，韩愈的晚雪匆忙地脱掉了黑格尔与楸树衰老的衬衫。

我们还需要说些什么？黄昏已收取了鸟唇间的野田草
它还要收取云端的白雁和半轮山月吗？而被废黜的《诗经》，

仍出没于逍遥的羔裘。

6

我们是在黑夜中消失的汉语吗？
而以赛亚书和耶利米书可能是仍未熄灭的火种，
但汉语作为时间的使徒，"他们各人的意念心思是深的"。
像博尔赫斯小径分岔的花园，也像转身听到子规啼血的杜
荀鹤。

我忽然感到死亡阴影的威胁；
我忽然感到沉默也是一种不可抗拒的传染病。
而奥利弗的叮咛有如疏朗的道德，
令硕大的平原之夜成为即景中的山水册页。

但故国依旧不可回望，但雪窗推开的时代精神，依旧
让无关紧要的风筝成为血亲，这意味着老不死的时间依旧是
有毒的，
这意味着尚未醒来的月光，常常会一下子让我们提前进入了
暮年。

7

让我们打开世界终端的电视机吧
让我们的影子进入表情庄严的荧幕中吧
墙壁在雪夜的反光中因为弯曲拐了弯

灵魂有多少抱怨，就有多少僵硬的手指
被火焰中的黎明封神

但这灵魂又有什么用呢？但说出来又有什么呢？盘中的臭桂鱼
也有它的心事，但它从不说出。

8

从最小的可能性开始，雪与黄昏构成的夹角并未如我们想象
的那样
令我们窒息。恰恰相反，这雪与黄昏的夹角使我们的生命
有如涌出海浪与群山的白昼。

在果戈理的不眠夜话中，或在海德格尔的
林间小径中，或在鲁迅荒芜的野草与呼喊之中
雪与黄昏构成的立体图景，总是让我们想起耶稣的童年。

但耶稣的童年早如一纸脆如落叶的航空信
让陶渊明的菊花变成一种存在的艺术，也变成福柯手掌里那
只不可能的烟斗。

比如，陶渊明的幽灵即为我之梦魇，但流水似的梦境并非我
试图抵达的
象征的漂移；
比如，世间的渡口即为花神的天梯，但"从这里，到这里"
的纸上葵花，我一直不能在痛哭中完成。

9

最初的雪花并不需要阐释。在大地的诗歌内部，最初的雪花总是和我们一起，在黄昏眺望黎明，或在母语的屋檐下，成为不可多得的单独者。

在更深的积雪之下，有人以肉身的献祭成为神之子；有人在太阳升起以后，于恍惚中步入没有风景的房间。

但与他者不同，我即将于大雪的歌唱中，成为光芒中的灰烬，或成为莱辛金色笔记中某一被人们忽略的细节；我即将于词语的暴风雪中，成为匿名时代的抒情诗人，因过度沉溺于思考衡量世界的疾病而丧失相对完善的一生。

但与他者不同，我即将于寂静之雪的反光中，向着空无之境高举起人性，并"用新星的火焰将它洗炼"；我即将于黑暗之雪的哑默中，以别尔嘉耶夫笔下的虚无主义叙写内心中那更为抽象的现世生活。

如果茫茫的雪花不能使我完整地流亡，不能使我"既无敌人，也无兄弟"，不能使我用毕生的血肉之躯转动诗歌的磨盘……

那雪花便不是真正的雪花，必是被赶出天堂的雪花，它即使落在安德烈·别雷的脚掌上，或落在兰波闲散的青春里，也只能构成不应有的忏悔，有如废弃的星光，落进马拉美随手丢进风中的纸笺。

10

积雪太过于寂静了。因而，积雪的寂静仿佛超出了寂静本身，已不再是最初的寂静。

在积雪的内部，黑暗也是雪白的黑暗，已不再是我们心头最初的黑暗。

那积雪的隐秘幸福即是星辰升起的时刻吗？譬如我们需要寂静与黑暗，一如需要在伟大的结局来临之时拒绝结局。

那捆绑了寂静与黑暗的积雪需要思想的赋格吗？譬如诗歌需要想象力的戏剧学，一如需要一种不可抗拒的力量来完成精神的逃逸。

当我试着写出"积雪"的梦境，仿佛一个虔诚的艺术家走近了自己坟墓的边缘。

当我试着用目光涂改积雪难以平息的躁动，仿佛"这个积雪的天堂里没有任何坟墓和毁灭可言"。

而世界依旧悬于积雪，生活依旧在旷野失败的呼告中缺席。

而无论发生什么，在积雪与生活的石头之间，在浪费的哲学与自杀的喜剧之间，我怀抱着波德莱尔"巴黎的忧郁"，仍像一个无法称呼的人，在午夜的等待中隐身于风雪。

11

在更深的黄昏里，大雪是内在经验的游荡者，需要在无欲的悲歌中缓慢地返乡。而在人们形同陌路的时刻，大雪又如一个需要诗人在暗夜中咒骂的左撇子女人，当她在白昼与夜晚之间的房间里不停地走动，不停地想念神之子，甚至在某一瞬间，她在自己的沉默中想念罗马的遗产，不过是一群凭空飞落的雪花。

但太古的时间真的就是时间吗？但一粒被积雪掩埋的麦种真的是一粒麦种吗？当它在自己的胚芽里收藏了修道院的往事，当它在自己的黑暗中描述了大河两岸的归鸟与山野，我们是否能够在麦种的时间里，发现大雪原初的秘密与梦境？

但我知道，在大雪原初的秘密里，《北溪字义》中的"忠恕"与"道"是不需要说出的；但我知道，在大雪原初的梦境中，周敦颐的莲花不过是从伤口的一端重新返回它自身的另一端。

但我知道，大雪从遥远的远方返回，通常是从原路归来；但我知道，当大雪在归乡的途中消失于自我的迷宫，不是因为别的，只是为了让蚂蚁的哲学走向无边的荒野。

啊，十一月到了，有人以旁观者的身份获得了自己隐藏极深的护身符；啊，十一月又即将结束，有人以节制内心的怒火拒绝了复仇的诗意，从而获得了由大雪构成的月光的合金。

12

当"猫头鹰在月光下飞越一片田野，受伤的人在田野里呼喊"，那经年累月的积雪，正在深夜里苦熬着自己的不幸。是的，只有无法拯救的不幸才是最幸福的。

我和自己说过，存在是一种悲剧，但它并没有想象中的那样沉重。我和自己还说过，大雪总是在幽灵出没的城市与乡村之中，沉默地完成只属于自己的拓扑学，并在月光的照耀下，不断地扩大（偶尔也缩小）自己的阴影。

如果说远方对于一场大雪来说，具有侵袭力，那雪花一直在内部独自抵抗那无意义的第三帝国吗？如果说欲望可以构成天演学，如果黑暗中的写作需要解析，如果祈祷能够带来对神的傲慢，那诗人的生活就是没有对象的生活吗？那诗人便在反动的天使与黄昏的犬儒之间震荡吗？

而在废弃的积雪的河岸，只有克尔凯郭尔一个人辩论着怀疑者的梦境；而在不可靠的诗意或哲学空间，只有马蒂厄一个人说出河流的背后并非是一种持久的实体，这真让人心生怀疑。

是的，我承认，每当大雪来临，我总是想到隐没于积雪背后的鹭鸶与虚假的星斗；是的，我承认，每当大雪降临，我总是想起独居杜伊诺城堡中写下哀歌最终死于玫瑰的里尔克；是的，我还要承认，每当大雪降临，我就会想到葬于南山的母亲，她临终的白发，或可在深深的雪夜中忽然跃动，并烛照我碗底的月光。

13

圣·琼·佩斯说:"高贵的僭越,唯在爱的航船上,独见。"

你说:"但深夜的积雪如同酒神谦卑的祭司",他必如荷尔德林一样,于神性降临时走遍大地。

而当雪国的世界更为紧迫地趋向夜半,而当在消逝的人群中,我喑哑的歌唱成为另类的喘息,那死亡的变换是否会成为我们特殊的权利?那沉浸于艺术中的自杀是否意味着双重死亡?

但将雪中的耶稣遗弃于荒野是不可逆的,但将宗教作为一种事件来阐释是德里达最不想做的。但德里达是谁?德里达在哪儿?德里达在干什么?我们一直无从知晓,也一直不得而知。

只有积雪一直在思考踪迹的踪迹,只有积雪一直不曾忘记自己曾为一种道德、一种信仰。

只有积雪一直认为印象比表现更为重要,只有积雪一直将哲学和书籍作为一种背景可有可无。

难道不是吗?只有巴塔耶一直在落雪的心里觉得,"我们羞愧地过着腐败的生活,带走我们的死亡比生命更肮脏";只有梅洛·庞蒂在雪后浩叹:"间接的语言和沉默的声音"都是此在或彼在,都是符号中哲学家和他长长的影子,一如我在余下的生命里,用力地聆听一部关于雪景的不安之书。

14. （戏仿西川）

哪一节绿皮火车提前梦见了平原，他便会被平原梦见并紧紧抱在怀中。

你看，他瑟缩在一场大雪之中，仿佛被上帝遗忘的孤儿。

只有河流醒着，在我的身体里，从夜色中来，到黎明中去。

面向平原，背对夜空。试图背对平原上的夜空，已经存在亿万年的夜空。

我背对着他，就是背对着被烈火焚烧的书籍与灰烬。

一想到月光，我就老了，仿佛除了月光，没有什么是苍老的。

一想到"百代皆过客"，我的头发就白了。仿佛一瞬间整个身体都被大雪覆盖。

面对着月光和百代的过客，我想说出内心的寂静与惭愧。

冬天里大雪满天，这是旧东北。新东北的麻雀，常常为寻找一粒雪花累得精疲力竭。

旧东北的平原上，河流常常停下自己的脚步，为的是让一条鱼梦见故乡。

而河岸上的碱花要比我想象的更决绝，他在一阵风的吹动下掩埋了新东北。

有我的地方必然有另一个我，甚至有更多的另一个我，甚至已经无我只剩下另一个我。

当我说出另一个我，我就被自己吓了一跳。

我担心另一个我，因为我说出他，便会经常在深夜造访我。

而另一个我作为老男人真的老了，活了一辈子，够了。

老男人终于老了，但死亡并未光顾，还要继续活着。

"只要死亡不来光顾，请不要关灯，也不要关上门。"

老男人说的是什么呀，中年的我一直听不清。

我也有悲伤，或依于北风，或巢于南枝。

我的身体里也有不再生长的月光，喜欢乌鸦的安静。

15

就是这样，在不间断的寂静中，我和另一个我同时听到时间巨大的呼救声。

时间，依旧如骨头里的痛苦，不可在平原的河流上将其遗弃。

而在光线充足的乡村小教堂的餐桌上，摆放着我们积蓄日久的焦虑。

啊，焦虑，是一种症候，也是一种永恒。我们活着的全部意义在于，以空虚的愿望抵抗永不湮灭的焦虑。

哪怕在抵抗中成为雪景中的早逝者，哪怕我们成为时间逃逸的一部分。

而时间永远是黄昏中的他者。

当我们向死而在，却不得不遭遇死亡。时间却在死亡的瞬间进入我们身体的灰烬，使我们终于抵达永远在到来途中的永远。

但现实即为自足的大雪吗？即为在对死亡的无限接近中，那些终将散佚的白昼吗？当我们用黑暗中的目光承接它，现实即为那致死的一跃。

16

在一个晚辈后生几乎枯竭的想象里，陵上长柏几乎是不可能的，但山谷里有涧，涧水中有乱堆的石头是可能的；人命不如天命，天命活不过石头与柏树是可能的。

我站在寒冬的旷野上，被午后的太阳照耀，然后被阳光逼入墙角是可能的，但古代王侯府第高大的阴影落在我的双肩之上是不可能的，想及此，我心忽生戚戚是完全可能的。

在中国北方的寒冬，读到或想到江水中的荷花或泽畔的兰草，无异于在一个雪后的黎明，为自己刚刚醒来的梦境制造一次麻烦。

此时，我需要远方的朋友与自己一样，安于一份寂静，但不能陷得太深；此时，我需要想念远方，但又必须竭尽全身的力气克制这个念头……

我当然知道还顾不如不顾，长路不如短途；但我更知道，故乡比他乡复杂，遗忘比遗嘱简单。窗外，被大雪洗净的天空，依旧俗气而美好，这刚刚打开的一天，可能不会比刚刚过去的一天更加糟糕。

昨夜的雪会落在今天的枯叶上，但昨夜的明月，不会落在今天的草木枯荣变化之间。

那个被道路紧紧锁住梦境的过客，那个以梦境为攀缘梦境之梯的归人，都抵不上大雪即将来临的浩大。而在鸟鸣构成的繁复阴影，与枯叶构成的巨大明亮之间，同样的事物正被异化，相异的灵魂正沿着同一个方向奔驰。

在积雪的树下，我还是想和某人说说廓落、羁旅，以及被时间反复碾压的死，被遗忘重新翻开的生。比如犁为田亩的古墓、摧为柴薪的松柏。有人说"访旧半为鬼"，实际的情形是，访鬼皆为灰尘，访灰尘皆为白杨林下不灭的风声，而风声，就是我们废话连篇中的骨头，常常在幽暗的树叶之间，拆解着自身不堪的命运。

17

即使不秉烛夜游，我也能够熬过漫漫长夜走向黎明，或者相反，我大可用一生的光阴，手持灯盏在暗夜陪伴幽暗的星光。

只不过光阴与忧愁皆如茫茫夜雪，当他们以鸟鸣之音，将我焦虑的梦境浇灌，当他们以不败之躯，将我有限的尘世一寸寸截取。之于命运，我至今仍未读懂；之于寂静，但愿我仍旧能够藏身其中。

而故人之心从来容不得半点怀疑，犹如晚冬之黎明，从来容不得没有清冽的群鸟之音。而夜不能寐从来是不可靠的，犹如昨夜的红月亮，忽然变得如此陌生。

在越来越紧迫的中年，有人在空中质问灵魂，有人在地上滥用道德，而更多的人依旧崇尚神秘而疏朗的肉体，为之文鸳鸯，为之合欢被，为之传递旧世界与新世界从来没有什么不同。

忽然想到"不如归"。不如归，其实不如重返平原上的荒寂之地，或折身再次离开如倒卷的浮云，如苍狗，如明月，如小村庄里破败的乡音和丛生野草的瓦砾与残垣。

而我只想在留有短髭的中年绕过一场梦境，犹如绕过一场不期而至的夜雪，而这夜雪似乎与我也毫不相干。

18

积雪中一块卸掉光芒的饥饿的石头，并不能让卡夫卡重新回到卡夫卡，也不能让点批《文选》的李善重新回到自己的注解中。是的，当我在卡尔维诺的讲稿中洞察了刘勰的狂想，我的心是否还能够像铁皮鼓一样激荡？当我从一封来自古波斯的信札中看穿了老子所说的命运无常，我的梦是否还能够像午夜之子一样，为双眼燃烧的自己写下："午夜的积雪和它的阴影都是大地的徽章"？

是的，"有朝一日，在狂烈的审视的出口"，当我在积雪之夜亲近黑暗，黑暗就消失了。是的，当我"在我房屋的窗户内"，把变化不定的时间当作一座死城，时间就化作了一股轻烟。是的，我常常和遗忘中的自己相互抵触，却常常与另一个自己完成了巨冰①规劝之后的飞翔。

---

① 出自陈超诗句：我在巨冰倾斜的大地上行走。

积雪中的生活是一种报酬，有人以此完成了对一只乌鸦的命名，但我至今从未将其确认；积雪中的生活也是一种方式，有人以此结束了黄昏中的赠别，但我至今仍未找到内心中的自己，他在多年前的大雪之夜下落不明。

当然，我始终承认，所有的生死都是大地上的事情，就像托尔斯泰于风雪之夜倒毙于一个无名的小站；当然，我始终相信，大地的诗歌永不终止，就像牛犊顶橡树之后的索尔仁尼琴，最终于雪霁之日迎来了仅属于自己的红轮……

19

而一首永无止境的诗篇是否会因为用力过猛而折断它雪中的翅膀？

啊，看不见的缪斯啊，请告诉我，提醒我，为什么我在此地？

请告诉我，提醒我，为什么我要在一只乌鸦的俯冲下，或在白鹭蹚水走进它们宁静的倒影中，用力写下这无用的诗篇？

为什么我要在干裂的河床和大雪成群的平原上，总是一个人沉默地眺望通过寻求痛苦而获得的神性？

为什么只在雪地上标出黑暗记号的鸟群，为什么只有亚伯拉罕祭献的羔羊，才能够在有限的窗景中，像牧师的叙述让我心有所动，并脱口而出："天地不仁，如琢如磨。"

只是啊，雪绒花的庆典并非真正的庆典；

只是啊，日复一日，我们在没过膝盖的积雪中越来越孤独；

只是啊，我们在足够一梦的现代性的偶像黄昏里，终于将时间用作了自己的化名。

20

只是啊，在无限接近于死亡的梦境中，雪花仍是
天国的赠礼，在它的内部，万物万古亲密地存在着。

在雪花的内部，北风绝不能把寒光吹进绵羊的身体里，
也绝不能把古希腊的神谱和康帕内拉的太阳城吹进遥远的大西洋。

而关于雪花的乌托邦真的存在过吗？
而关于偶像的黄昏真的能够进入雪花构成的蓝色火焰吗？

而我只是知晓，基督教神灵的死亡与复活的节日
与异教的神灵死亡与复活的节日，总是在同一个时日同一个地点举行；

而我只是知晓，当涌自黑夜的大雪成为我们
生活中不可多得的器皿，也必将成为我们无法绕开的禁忌。

只有雪花的停留是到处的，只有声音的停留是无处的。

"那敬畏审判的城堡"，必是我骨血的奇珍；
那蜂房里弯曲的记忆，也必将为负罪之人所清洁。

那源自我们身体内部的大雪，必将在长久沉默之后的

问答与咏唱中成为永不完成的风景，它必将获得值得纪念的

壮烈圣名。

2020/11/13—2020/11/26

中年之豹

葛筱强

1

窗外人民大街传来的鸟鸣
是否会在同和书店墙壁上的
油画里剥落下来？
而未来是超音速的梦境
也是低空降临的遗迹和史料
从一本打开的弗洛伊德看过去
远方未必是诗性的大海
近乡也未必需要烟云的情怯
在同和得几行霓虹的诗句
也可能得一忘二，得二忘三

2

据说此楼以前有炭火的传说
据说此楼以前用行书的夜色
笼罩过红尘与星斗
如今此楼让古人与今人
在时间的裂隙里得以相遇

可饮茶，可饮拿铁咖啡，可用汉字的
鳞爪焚烧世间的浮冰。我又是谁？
得以在此楼暂栖纯棉的肉身？

3

有风吹过。
有风吹过书店内外桃花里的马蹄。
马蹄是古诗里即将过期的
符号帝国吗？有人在酒阑灯灺后
写下生长的倾听与守望，有人
用一支突兀的中性笔，在自己
陈旧的衬衫上写下动态的塞林格
与静态的苏格拉底，这些来自
幻想中的黑洞，只有天上的石头
才能让他们植入巴赫的十二圣咏

4

是的，相对于宽阔而熟悉的
人民大街，我接受书店时光的
斜睨与诘问。
我暂坐，或离开
我用自己的影子在这里
等待一个春夜的艳遇
我用异乡人的疑问把自己

变成一座城市的异乡人
我用深不可测的楼梯
完成乌托邦里的衰年变法
并非一个缺少火焰的人
在流水与星空上，完成了
对巴别塔不合时宜的追蹑

5

我本过客，在与不在
书店都在漫漫银河里的一瞬
埋着隐秘且迷人的闪电与惊雷
我在这里拆词，拆梦
也拆天空之外的风景
——这些与玄学有关的游戏
有时需要橱窗的万花筒旋转出
或然性的花腔，有时需要
手机微信里传出时代的
玉碎与草动风吹

6

在罗兰·巴特的呼吸里
书店在时间的褶皱里丢失了意义
而以梦为冠的店主，在城市的拐弯处
让大大咧咧的鸟鸣怦然心动

庄子和蝴蝶还用切分音图解吗？

生活的码头还用不确定的

头条新闻冲击吗？山重水复的硬座票根

刚好落在书店不后悔的春风里

柳暗花明的身体里的政治

刚好刻在岿然不动的

阴阳鱼之间

7

如何从浪漫的地理学中

取出关于一辆长途客车的笔记？

如何从地理学的浪漫里

取出一场春雨夜色中的量子？

我醉卧书店，或从书店出发

为活着的人和死去的人鼓盆而歌

仿佛幻想大于风流，或者相反

风流大于一座用神的生死

隐喻北冥有鱼的城市

我用一个下午阅读《古兰经》

终于抵达了五线谱上

燕燕于飞的等高线

8

那些肉身无法完成的芳名

纸的蝴蝶结已开始凝视

那些在书店花园里做梦的

将从自己少年时代的耳朵开始

用诗意的栖居，重获

考古学意义上的苍凉今生

名词来找我，我将在光天化日

之下为美而动，动词吹向我

我将用一寸春天的相思

剪断双倍的香草、月光与落花

9

那就用白矮星和大熊星

开始自己的战栗吧，那就用狂喜

涌出与历史对称的泪水吧

混迹人世，我有佛的花瓣之轻

隐伏红尘，我有摩西怀念故乡的神迹

圣言不可说，唯有书店可推动

万物轮回的幸福，圣言仅供眺望

唯有春天的虚名，让我得窥

牡丹镜像里的天外天

10

在一条大街的深焦镜头里

书店俘获了晚风中的城高月小

和怀素草书里的一曲古琴
在值得赞美的哲学中
书店以不可能绘制了逆风
跃动的路线图，在这里
语言的传说永远不会结束
在这里，我即将在铜鼎之内
完成自我的复杂性，在这里
我即在一个时代的图谱中
复归于五十奥义书里的婴儿

11

我只相信一种虚幻的存在
就是书店的存在
我只承认一种词语的边界
就是四月春风的边界
在人民大街的拐角之处
词语闪烁着无限的自由之光
在同和书店低飞的翅膀里
我宣告为语言写作
而不是别的

12

在词语之间，书店里的绿茶
或咖啡的香气，具有一种

惊人的繁殖力，比如
罗密欧与朱丽叶，比如
梁山伯与祝英台，他们都相信
诗人是幸福的，而诗人一直
为自己内心的语言之光
倍加谦逊和羞惭

13

在波德莱尔的《恶之花》之后
我一直追寻着属于后现代的
内心生活，一个时代的贫乏
呼唤着书店的默默祝福
一个人的午餐，常常从萎缩的
真理之火得以结束，这是
我始终无法后退的悬崖之壁
我始终怀抱着写作的阴影
和词语与生俱来的孤单

14

书店需要一株反批评的杏花吗？
在成为语言的岛屿之后
书店还需要卡夫卡的城堡
和塞壬的歌声吗？
在穿过街道和小巷夹角处的

阴影里，春天的鸟巢
正吐出一座城市的倒影

15

在书店敞开的界限里
可以民间写作
可以知识分子写作
可以个人写作
但反讽与喜剧，消化了
历史的月亮和时代的钢铁
与大白菜，而叠加的生存困境
也宽恕了众多写作者
突然停顿下来的
一声叹息

16

所以需要一种镜中的风格
比如马拉美的精确与气度
所以需要一种雷霆里的克制
比如艾略特写在荒原之上的
精湛的手艺，而书店楼下的
酒吧与咖啡馆，需要蝴蝶
与桃花的光顾，犹如茨维塔耶娃
在成为世界的隐喻之前

需要朋友之间蓝色的爱情

17

更多的时候，书店
需要用口语化的歌唱
改造书面化的诗篇
朴素未必庸俗
花哨未必生动
当我从张枣南山的梅花
读到西川哈尔盖的星空
当我从黄灿然的《鹌鹑》
读到怀特的《塞耳彭自然史》
这是否就是对日常生活的去蔽？
这是否就是让针尖上的落日
得以在命运中修远？

18

当然，我知道，一首诗的虚无
和一家书店的实体，同时
拥有超越时代的气质，盖由于此
我应在自己偏爱的角落里
书写大海的修辞学与旧梦
我应在语言的风向标下，想念倪瓒
或巴比松画派对生活的误解

当然，我还知道，传统值得破坏
但传统正在自身的损毁中
生出磅礴的春风

19

当然，我怀念的，不止是
塔尖上的李白和杜甫
不止是摩天大楼反光镜里
纯洁又骄傲的苏东坡
我所怀念的，自当有历代
学人的身影，在密不透风的
书林里徘徊漫步，自当有用于
想象的神秘，在书店装置的
山水中，至今仍无法用洛尔迦的
节奏，击打出让人惊讶的回声

20

而书店的敲门声，始终
轻如直接落座的春风
在莫扎特音乐的大循环里
谁是良友？谁是远客？
谁是一面空镜子里涌出的
桃花和纷纷春雨？
哦，对不起，可能查无此人

哦，惭愧惭愧，正是悬于
时间内外之缝隙的鄙人

21

一只鸟从书店飞过
鸟鸣便是书中的好手艺
经典的蝴蝶梦，是谁的一生？
我无意探究时间与乌鸦
之间的限度，也无意于沉默
是否会在一场春雨中
变成石头？我仰天长啸
只是为了让自己
重返自己

22

从一本书，到另一本书
有时需要一生的时光
从一首诗，到另一首诗
让我成了提前衰老的知情者
我有易于感伤的容貌
也有被生活摧毁的
身体里的悬崖，如果我执迷于
命运的星象图，可能还会
说出一个惊人的秘密：

月光从不伪装
书店不是废墟

23

在一首轻音乐中
蝙蝠有肉身的沉重感
"对不起，我一不小心
在一本旧书里，看到了
这个时代的反面。"
而无法结束的是，我们
依靠羞愧活着，并未避免
逃亡者的命运，我们在历史的
霓虹灯下，拥有了土地的概念
却未能完成昼与夜的
互相拯救

24

在书店深处，那些有名的
有时比无名的藏得更深
我能否在黄昏降临之前
说出遥远的事物和大师的姓氏？
维特根斯坦被时间绑定了
而陷于词语迷宫的博尔赫斯
此刻又深陷于变暗的音乐

——这是春天的风景画
当我为一杯咖啡写下古老的
启示录，一些记忆中的
伤口，开始愈合

25

诗歌不是日常生活的事件
而书店是日常生活的迷宫
但本真的诗歌与本真的书店
真的难分难解吗？
几两银子让一家书店
站在了城市的十字路口
几枝牡丹，让一家书店的春天
拥有了躯体与精神的双重性
是这样吧，书店之内
我和另一个我双手互搏
互为对方的西西弗斯
我们夜以继日他推石上山
浪掷一生，比浪掷银子
更为慷慨

26

忽然就想到了火焰
忽然就想到了火焰之后的

阴影与灰烬，我当然知道
接受火焰与自由，就是
接受伟大的牺牲
接受灰烬与阴影，就是
接受光荣的旷野与完美的废墟
但书店是另外一个蜃楼海市
我在此想到火焰，犹如
在一个隐喻的瞬间
想到了雨后的彩虹

27

那就从昨天开始我们之间
秘而不宣的交谈吧
面对时间的刀斧，我们且让
词语的翅膀再飞一会儿
面对书籍里走出来的道德
我们且把生活的身段
放得更低一些，我想在
你永恒的沉默中，取回
一个园丁的技巧，我想在你
打开的，春雨的曙光中
熄灭灯芯绒里的葵花

28

一个人坐在书店昏暗的

灯光里，是否就是一只中年的
豹子，隐退在时代的容器中？
我曾把一片草叶的死亡
写在手心里，也曾把愤怒
置于虚无的空气中
春天来了，但我的体内
仍残留着去年冬天的暴风雪
城市在变形，我犹豫了多次
最终还是决定此生如虫豸
大可朝生暮死，也可
暮死而朝生

29

我当然可以在一本
打开的书中，读到白鹤的
孤独和红叶的疼痛
也可以在合上一本书之后
想到四月有美好的风景
也有遥远的枪炮声
一切都稍纵即逝
一切都在壮烈中陷入
匆忙的沉思，哪一个时辰
能够让我站在上帝的
视角，心怀悲悯？
又有哪一个时辰，能够

让我重返尘埃，仰望
缀满星星的苍穹？

30

且在无字句处击壤
且在日出与日落之间
往返于灯火明灭的书店
生命的秩序何其神秘
这是四月，一棵树
因为一群鸟鸣，变得有些激动
一条河流因为一阵春风
变得内心无比柔软
哦，亲爱的乔治·桑
让我们把往事埋得再深一些
把枯枝的结局想得再明亮一些
这是四月，泥土在开花
梦幻的乌托邦，在一颗蓝色的
星球上，开始重建

31

昨夜的一场春雨
让我终于成为一分为二的人
加缪告诉我，伟大必须鄙视
但杰作也未必永存

这让我认清了鸿沟下的马尔罗

——东西方巨大的差异

让我内心的孤弦与雨水

同时在四月诞生

谁一个人在梦中跳舞？

谁准备好了月光的手帕？

春天在一瞬间吐出了

幽蓝的火舌，让书店成为

城市夜色里的一盏孤灯

32

在书架上检索一个诗人，

犹如在一座城堡里

寻觅昨夜的一个梦境

我在书店里，坐在某人旁边

眺望窗外城市的落日

仿佛一枚巨大的糖果

"这是比时间更为细小的

碎片，这是晚餐即将开始的

时刻，先生，请喝一杯红酒吧。"

一个诗人，从书架上走下来

空想的脸庞上写满了欢乐

33

在词语和词语之间

在春风和春雨之间

书店里无厘头的信札

卷轴里的字画，都需要

用一盏灯照亮

而被寂静浸洗的绿茶与

诗句，喜欢与夜色抗衡

我有唯一的白发，可用折断的

钢针，打开天问

34

让我们谈论一下康拉德吧

这个活在黑暗中的水手

因为蜕变，而又重回了波兰

我想谈谈他的私人札记

既是希望的象征，也是航海的艺术

他说："太阳终于落下去了"

说得多好啊，当我在同和书店

读到这句话，人民大街上的

落日，就送来了黄昏时分的鸟鸣

所有的书籍都仿佛长了薄薄的翅膀

在康拉德叙说的

轮船上，低低地飞翔

35

在同和书店，我应该梦见

一些和昨天有关的诗句

以及用来遗忘的镜子

在层叠的书籍之间

请打开我的脸庞

和内心的战栗

在照亮乌有之乡的

灯光下，请擦肩而过的

庄子停下来，他穿着

跨时代的牛仔裤，只是为了

在一次谈话中，打捞自己的无名

36

用一个词去定义一家书店

与一条大街的关系，是困难的

生活中微不足道的事件

从来无人认领，比如

我把手边的一杯茶

换为一本塑封的书

它是否正在等待一个

陌生人将自己拆开，一直

令人心生疑虑

37

简洁的辛波斯卡

读不惯饶舌的普鲁斯特

一如无限道德的

托尔斯泰，不喜欢

理想主义的萧伯纳

如果我可以想象

他们在同和书店相遇

这是否就是一场恶作剧

就此诞生？

38

凭记忆画出的画像

并不能和书店的最初样貌

完全吻合

再给书桌上的台灯

加个背景吧，如果梦境中的

曲线图愿意，再给最深处的

寂静加些鸟群吧，如果自由的

空气愿意，我并非书店的

称心之物，却用一封信

焚毁了惊叫的牡丹

39

最好的隐喻是，我们

在命运女神的见证下

相遇在同和书店

你知道，我是天生的

诗歌的狂热分子，没有周末

和节假日。写作还需要帮手吗？

当然不！在生命的第七个门槛

我接受交叉路口上的告别

也接受错误的希望，带来了

正确的失败。我从未想过

大河如何拐了大弯，我只要

从一个转角到下一个转角

就完成了时间将尽

哦，时间将尽，我已逃离

40

一家书店，就是一座辽阔的

迷宫吗？从咖啡的香气里

起飞的音乐是复数，而摆在

《伊利亚特》和《小毛驴之歌》

上面的时间，是不可重复的单数

在同和书店，我和无限繁殖的

灯火与鸟鸣有同样的生活圈

如果我把诗写得再短一些

可能会在春雨降落之前

喝到花体的杜松子酒

41

无名的词语与经验相遇
是否即为诗歌与书店的相遇？
我在一枚果壳里，发现了
哈姆雷特的歌唱，并不意味着
一个单音节，在同和书店的
灯光里发芽，我只是
时间里的一粒种子
因为对未知世界的好奇
成为被神选中的人

42

在音乐的缝隙里写作
我需要一首小布尔乔亚的
夜曲，也需要虚拟的月亮
和春天的暗房，我从
《红楼梦》的第九十七回
读到加西亚·马尔克斯
叙述中绵长的大雨
让我几欲蝶化的日常生活
渐渐逼近了天鹅绒的夕光
哦，在湖泊的镜中，我吓到了
另一个自己，仿佛一个人

从半空中落下来
哦，罗伯特，我把一座
书店，误认为幽灵出没的
红色旅馆

43

在一部电影的背景音乐里
想写一首芬芳的诗，想写一首
芬芳的空谷幽兰的诗
几乎是不可能的
但我可以从善于幻想的
乌鸦的短喙上，想些
寂静的大事，比如清晨的花朵
终于拥抱了昨日，比如虚拟的
山水令我厌倦，我则习惯了
用书店里的俳句，消磨
缓慢的中年时光

44

有人在沉默中回忆
诺瓦利斯，有人在鲜花的
装置里弹奏纸上的吉他
为什么人们不再谈论
平生所遇的风暴和雷霆？

为什么人们不再相信
简史里的爱情？
我和另一个我，在书店的
过道里不期而遇，几乎
发出了鸟群飞向
天空时的惊呼

45

应该寻找一种通往世界性
语言绝境，应该在书店微光中的
羽翼上，点燃春雨和画像中的
哲学家，我用名词写诗
用动词编故事，用符号学
构建灵感论的巴别塔
在语法练习中完成了
从生到死，只是时间问题

46

我还应该用夜行归来
回应一座书店的召唤
我还应该用世界的重量
完成一次生命的秘密对话
和玫瑰的变奏曲，在乌鸫的赞美下
我见证了春日的恢弘演奏

和四季轮回的脉动，我并非
黑夜中的石头，我对着书店的
墙壁诉说，让自己彻底从词语的
阴影里抽身离去

47

在翻阅不尽的词语里
万物简单而繁复
而在隐秘的读者中
谁的心性已抵达圆融？
谁仍在命运的谱系中
互相煎熬？我从未相信
颂歌中的无神论，也从未
相信现代性的死亡与重生
在书店旁侧的大街上
圣人太多了，在陆机的
叹息中，白云又太少了

48

更多的真相已被忽略和淹灭
更多的表情在一次性的
语言法则下沦为斯人
独彷徨的孤岛
庸俗的生活，复制一万次

并不会令人感到惊讶

超验主义的想象粘贴一万次

必将引来峻急的雪崩

我用时间的洪水颠倒众生

并非来自布朗肖的隐喻

我用龚定庵的杂诗梦中说梦

仅仅为了证明，此身虚妄

但仍活在珍贵的人间

49

在我一般性的想象中

一座城市的尽头必是书店

在一座书店的期待里

我必备一副令人鲜花落泪的

好嗓子，而最好的自我拯救

在于辩解中的自明，最好的戏剧

在于世俗化的戏说

哦，我闻佩索阿的絮叨

如闻嘈嘈切切的俚曲

哦，屏住呼吸的庄子见我

如见大海上的星辰

50

在一个琴声已经物化的时代

一座书店的诞生，无异于

海王星遭遇了天上的奇迹

在众鸟饮下百合花的

欢呼声里，诗歌与书店的

层叠，无异于一场春风

修改了汉语的世俗特征

哦，圣殿不可违，我自当再次

歌唱巴赫金广场上的朝霞与落日

哦，天道不可欺，我自当

在时代与城市的拐角

解除历史，现实

与未来的囚禁

2023/04/12-2023/04/19 写于同和书店

跋

整理完近些年写下的一部分诗歌，我长长地叹了一口气，抬头望一望窗外，万物任性地生长，放肆地茂盛，仿佛也只是荒芜的时间本身。写了这么多年的诗，仿佛自己的每个日子，都是这样安静而荒芜地度过来的。要说有些东西留了下来，也只是这些散漫无拘的句子，譬如胸口上斑驳的记忆，或一粒粒辗转的珠子、一棵棵放进柳篮里的野菜，即使我一个个把它们扔在向晚的风中，也久久不肯离去。它们不肯离去，也只是因为有我常常发呆的目光为线，把它们一个个串起来，成为一条条珠链，在四周黑寂的夜晚，为我点一盏盏孤独的灯火。这一盏盏灯火，就是我生命中所熟悉的农事、亲人、自然万物、庋架间漂泊的楮叶与沉思，划过心底的一道道柔软的伤口，譬如此时，天地无言而大美，诗歌迷人且继续荒芜。

是为短跋。

2023 年 4 月 30 日，于塞外采蓝居

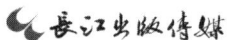

图书在版编目（CIP）数据

秋风来信 / 葛筱强著. -- 武汉 ： 长江文艺出版社，
2023.5
ISBN 978-7-5702-3117-1

Ⅰ. ①秋… Ⅱ. ①葛… Ⅲ. ①诗集－中国－当代
Ⅳ. ①I227

中国国家版本馆 CIP 数据核字(2023)第 070123 号

秋风来信
QIUFENG LAIXIN

责任编辑：王成晨 　　　　　　　 责任校对：毛季慧
封面设计：李 　鑫 　　　　　　　 责任印制：邱 　莉 　 王光兴

出版： 长江出版传媒 　 长江文艺出版社

地址：武汉市雄楚大街 268 号 　　 邮编：430070
发行：长江文艺出版社
http://www.cjlap.com
印刷：湖北新华印务有限公司

开本：880 毫米×1230 毫米 　 1/32 　 印张：9 　 插页：4 页
版次：2023 年 5 月第 1 版 　　　　 2023 年 5 月第 1 次印刷
行数：5838 行

定价：58.00 元